Friedrich Gustav Triesch

Der Hexenmeister

Lustspiel in vier Aufzügen

Friedrich Gustav Triesch

Der Hexenmeister
Lustspiel in vier Aufzügen

ISBN/EAN: 9783743322578

Hergestellt in Europa, USA, Kanada, Australien, Japan

Cover: Foto ©Andreas Hilbeck / pixelio.de

Manufactured and distributed by brebook publishing software
(www.brebook.com)

Friedrich Gustav Triesch

Der Hexenmeister

Perſonen.

	Beſetzung des k. k. Hof-Burgtheaters.
Victor, Graf von Schönhoff	Herr Hartmann.
Knaus, Miniſterialrath außer Dienſten	Herr Meixner.
Jenny,	Frau Schratt.
Philippine, } ſeine Töchter	Frau Hartmann.
Ella,	Frl. Hohenfels.
Felix von Grimburg, Rittmeiſter	Herr Kraſtel.
Theodor Günthner, Philippinens Gatte	Herr Schöne.
Arthur Helffrich	Herr Thimig
Flora, Kammermädchen } bei Knaus	Frl. Walbeck.
Raumann, Diener	Herr Nötel.

Erster Aufzug.

Garten-Prospect.

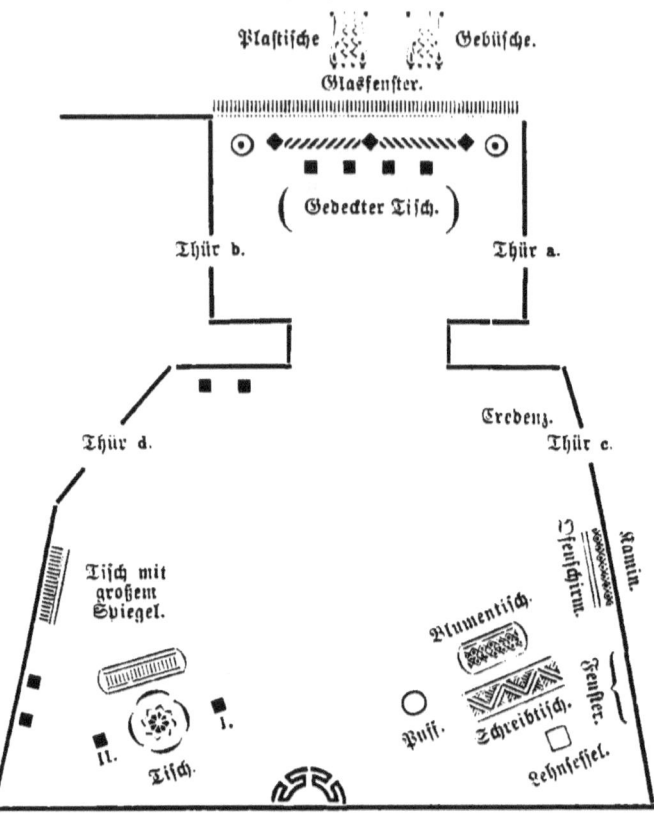

(Ein Gartensalon. Im Hintergrunde eine breite offene Thür, von der aus zwei Stufen empor zu der anstoßenden Veranda führen. Rechts in derselben eine Thür (a) (Haupteingang). Links eine Thür (b), die nach dem Garten führt. Den Hintergrund der Veranda bildet ein Fenster, durch das man den Garten erblickt. Vor dem Fenster in der Veranda Epheu und exotische Pflanzen. In der Mitte der Veranda ein länglich ovaler vollständig gedeckter Tisch. Im Salon rechts eine Thür (c).

Als Manuscript gedruckt.   1*

Links in der Ecke eine Thür (d). Rechts vorn ein Fenster mit Gardinen. Links vorn ein Sopha, ein runder Tisch mit einem Teppich und Stühle. Zwei Stühle links vorn an der Wand. Weiter hinten links an der Wand ein Tisch mit großem Spiegel. Auf dem Tisch ein Kästchen und zwei Lampen mit Schirmen. An der Hinterwand links zwei Stühle. An der Hinterwand rechts eine Credenz; auf derselben Weinflaschen und Gläser. Rechts vorn in der Nähe des Fensters, jedoch so weit von der Wand entfernt, daß man bequem hin- und hergehen kann, ein Blumentisch und ein mäßig großer, viereckiger, mit grünem Tuch bezogener Tisch (Schreibtisch). Vor dem letzteren ein Lehnsessel; links ein Puff. Auf dem Schreibtisch Zeitungen, ein Schreibzeug, eine Blumenvase, eine kleine Gießkanne und eine Glocke. Weiter hinten rechts ein Kamin; auf demselben eine Uhr und zwei Leuchter; vor demselben ein Ofenschirm.) *)

Erster Auftritt.

Raumann

(allein; in halb ländlicher Kleidung — Haltung, Haar und Bart verrathen den ehemaligen Amtsdiener — mit einem Glas Milch, Briefen und Zeitungen durch die Mittelthür).

Raumann. Noch nicht da der gnädige Herr? (Setzt Alles auf den Tisch links nieder; sieht nach der Uhr.) Zehn Minuten nach acht schon — 's ist unglaublich, wie sich die Morgenstunde allmälich hinausgeschoben hat: anfangs sind wir um fünf Uhr aufgestanden. (Rückt auf dem Tisch Alles pedantisch zurecht.) Wozu auch? Der Tag ist auch so lang genug — hier auf dem Lande. Ach, und der alte Rath wird täglich brummiger. Seit dieser Rittmeister im Hause ist, kann man es nicht mehr mit ihm aushalten. (Seufzend.) Ja, ja, ja, — (erblickt Knaus, der von rechts (Thür c) eingetreten; rasch.) Guten Morgen, Herr Rath.

Zweiter Auftritt.

Raumann. Knaus.

Knaus (heftig). Was sagen Sie?! Zum hundertsten Mal: ich lebe auf dem Lande, auf meinem Gute; bin Landwirth, bin kein Rath mehr. Werden Sie sich das endlich einmal merken?

Raumann. Jawohl, Herr Rath — (Knaus unterbricht ihn. Erschrocken.) Ah, gnädiger Herr!

Knaus (besänftigt). So ist's recht! Ist der junge Mann angekommen?

Raumann. Um vier Uhr Morgens.

---

*) Rechts und links ist vom Zuschauer aus gedacht.

Knaus (sichtlich erfreut, reibt sich die Hände). Schön! schön! Wie sieht er aus?

Raumann. Er war so müde, daß er sofort zu Bette ging.

Knaus. Das ist begreiflich. (Nach hinten gehend.) Ah! herrliche Luft! Dort auf dem Tisch hat Ella eine Zeichnung liegen lassen. (Raumann geht nach der Veranda, holt die Zeichnung.) Das Mädchen kann sich an keine Ordnung gewöhnen. (Vorgehend.) Er ist also da! Na, jetzt wird, Gott sei Dank, Leben ins Haus kommen. (Setzt sich auf das Sopha, ergreift das Glas, sieht verdrießlich hinein.) Ach, meine herrliche Milch! (Nippt, verzieht den Mund, setzt das Glas auf den Tisch.)

Raumann (neben Knaus stehend). Ihr Appetit läßt seit einiger Zeit sehr zu wünschen übrig.

Knaus. Unsinn! In so herrlicher Luft geringen Appetit, das wäre ja gar nicht möglich! (Trinkt die Milch, dabei nach Raumann schielend, in einem Zuge aus.) Herrlich! (Ihm das leere Glas zeigend.) Ich habe nie bessern Appetit gehabt. (Bei Seite.) Leider hat er Recht. (Laut.) Ich mache allerdings zu wenig Motion. (Bei Seite.) Meine Amtsthätigkeit geht mir ab! (Laut.) Wie köstlich ist diese Waldluft. Und diese Ruhe, dieser Frieden! Ein wahres Labsal. Wenn ich dagegen an mein einstiges Bureau zurückdenke, mit der dumpfen Luft und dem Actenstaub . . . .

Raumann (seufzend). Aber es war doch eine schöne Zeit! (Legt, in Gedanken verloren, die Zeichnung der Länge nach zusammen, nimmt sie wie ein Actenstück unter den Arm.)

Knaus (gleichfalls in Gedanken verloren). Ach ja, es war trotz alledem eine schöne Zeit! (Greift maschinenmäßig nach dem zusammengefalteten Bogen; ganz gerührt.) Meine lieben Referate und Relationen! (Faltet den Bogen auseinander, erblickt die Zeichnung.) Was — ja — die Zeichnung — die legen Sie zusammen wie ein Actenstück?

Raumann. Ah Pardon! (Legt das Blatt über die Stuhllehne, fährt mit der Hand darüber, um es wieder zu glätten.)

Knaus. Hm! — (Sieht nach der Uhr, aufstehend.) Gehen Sie hinauf zu meinem Schwiegersohn, erinnern Sie ihn und meine Frau Tochter — daß ich sie sprechen will.

Raumann (seine Uhr zeigend). Aber —

Knaus (zornig). Wenn sie noch schlafen, wecke man sie! Rasch! (Raumann geht langsam nach hinten.) Rasch, hab' ich

Als Manuscript gedruckt.

gesagt! (Naumann fährt zusammen, sieht ihn verblüfft an; eilt nach hinten. Auf der Veranda begegnet ihm Jenny, die er höflich grüßt.) Das darf — (zuversichtlich) und wird nicht länger so fort= gehen! (Naumann ab (Thür a).

Dritter Auftritt.

Knaus. Jenny.

Jenny (sehr einfach, ganz schmucklos gekleidet, immer ruhig und gemessen). Guten Morgen, Papa.

Knaus (küßt sie auf die Stirn.) Guten Morgen, Lang= schläferin.

Jenny. Verdiene ich diese Bezeichnung? Ich habe mich schon in aller Frühe über Ella ärgern müssen.

Knaus. Wieso, mein Kind? (Setzt sich aufs Sopha, zieht sie neben sich auf den Stuhl I.)

Jenny. Kaum dämmerte es noch, trieb die Neugier, den jungen Mann zu sehen, sie schon ans Fenster. Alle meine Vorstellungen halfen nichts!

Knaus (zornig). Man hat sie sehr verzogen in diesem Pensionat. Du weißt, ich war nie dafür, aber die selige Mutter wollte es so!

Jenny. Nu, lieber Papa, nur nicht so brummig! Ella ist ja doch ein liebes, ein herziges Ding. Wenn ich ihr mitunter ernst und böse gegenübertrete und die Gouver= nante spiele — so ist's eigentlich nur Verstellung. Mein Herz lacht vor Freude über den lustigen Kobold. Und wie oft möchte ich ihr um den Hals fallen, anstatt ihr Sitte zu predigen. Ich thu es aber, um den Wildfang vor falscher Beurtheilung zu bewahren. Ich habe sie so lieb, fast so lieb wie dich, mein guter Papa — dem ich aber trotzdem... so vielen Kummer bereite.

Knaus. Ja, ja, und gerade du! Wie gerührt du gestern Abend wieder warst, weil ich mich gegen Felix ein wenig unsanft benahm.

Jenny. Lieber Papa — er dauert mich so sehr. Er liebt mich so innig und —

Knaus. Und du — und du? O, wenn ich das geahnt hätte! Ich habe Felix erlaubt, mein Haus zu betreten, erstens weil ich glaubte, die Jugendschwärmerei, die so lange unterbrochen war, sei erloschen. Und zweitens, um ihm zu beweisen, daß ich es ihm nicht anrechnen will, was sein seliger Vater, dieser Mensch, an mir gethan! (Da Jenny etwas sagen will.) Nein, nein, es hat Alles seine Grenzen! So weit geht meine Gutmüthigkeit nicht, es je vergessen zu können, daß dieser Mensch, den ich von Kindheit an wie einen Bruder behandelte — daß dieser Mensch, sag' ich, einer armseligen Erbschaftsangelegenheit halber, in der gehässigsten Weise gegen mich aufgetreten ist. Und dem Sohne dieses Menschen sollte ich meine Lieblingstochter zur Gattin geben? Niemals! Niemals!

Jenny. Lieber Papa, hab' ich dir denn schon gesagt, daß ich es wünsche?

Knaus. Du liebst ihn also nicht? Ich danke dir, mein liebes Kind, für dieses Wort. Nicht wahr, liebe Jenny, du liebst ihn nicht?

Jenny. Du kennst mich, Papa, ich kann nicht lügen. Ob ich Felix liebe — ich weiß es nicht. Daß mein Herz nicht unbewegt geblieben ist, angesichts seiner zärtlichen Neigung und Verehrung — das kann ich nicht leugnen. Aber fürchte nichts; (steht auf) nie werde ich gegen deinen Willen meine Hand vergeben. (Geht nach rechts.)

Knaus (ihr folgend). Aber dein Herz, dein Herz! Nein, Jenny, es wäre Thorheit von mir, länger ruhig zuzusehen, wie er dir mit seinen Seufzern das Herz schwer macht. Noch heute werde ich ihn ersuchen — mein Haus zu verlassen. —

Jenny. Thu das nicht, Papa, denn durch einen solchen Schritt wendest du ihm mein volles Mitgefühl zu. Trenntest du mich jetzt plötzlich von ihm — du würdest mit eigener Hand Oel in das Feuer gießen — (Knaus macht eine Bewegung, murmelt: „Oel ins Feuer!") das du so gern verglimmen sehen möchtest. Laß' mir noch Zeit. Ich werde Herr meiner Gefühle werden. Du wirst mit mir zufrieden sein. — Um auf unsern Gast, Herrn Helffrich, zurückzukommen —

Knaus. Ja, sag' mal, Jenny — Ella ahnt doch nicht, was ich mit Arthur vorhabe?

Jenny. Wie sollte sie?

Knaus. Wie erklärst du dir ihre große Neugier?

Jenny. Sehr einfach; sie langweilt sich unsäglich hier auf dem Lande. (Begießt die Blumen.)

Als Manuscript gedruckt.

Knaus. Hm! — Glaubst du nicht, daß unter diesen Umständen sehr leicht der Fall eintreten kann, daß Ella sich für unsern neuen Hausgenossen, für Arthur, interessirt.

Jenny. Bei Ella kommt's vor Allem darauf an, ob er hübsch ist — und elegant.

Knaus. Als Knabe war er bildschön. Und ein Satansjunge. Na, ich will hoffen, daß er seinem seligen Vater nachgerieth —— Seinem Vater! War das ein braver, lieber Kerl!

Jenny. Eine bessere Auskunft, als der Director des Polytechnikum über ihn gab, konntest du doch kaum erwarten.

Knaus. Ja, Gott sei Dank! — Na, ich zweifle nicht, daß er sich bald wohl fühlen wird bei uns. Umsomehr, da es ihm auch an Beschäftigung nicht fehlen wird. Der große Reichthum unserer Gegend an Holz, an Wasserkraft — was kann ein tüchtiger Techniker da nicht Alles unternehmen; ein tüchtiger und ein fleißiger muß ich hinzufügen, wenn ich mich meines Schwiegersohns erinnere...

Vierter Auftritt.

Die Vorigen. Felix.

Felix (in Husarenuniform, kommt durch die Veranda (Thür a). Guten Morgen, Onkel! (Ueberreicht Jenny prachtvolle Rosen mit langen Stengeln.)

Jenny. Ach, wie schön! — Aber ich habe Ihnen doch gesagt, Felix —

Knaus (setzt sich auf das Sopha). Schon wieder aus Italien? (Nimmt eine Zeitung.)

Jenny. Nochmals, Felix, ich bitte Sie dringlichst, diese täglichen Blumenspenden zu unterlassen.

Knaus. Es ist wahrhaftig schade ums Geld! (Da Felix eine Geberde macht.) Auch wenn Sie noch zehnmal so reich wären!

Felix (ein Billet hervorziehend, nähert sich Knaus). Lieber Onkel, eben ist mir eine wichtige Nachricht zugekommen. Der Nachbar hat mich zum Abendessen eingeladen.

Knaus. Und das ist so wichtig? (Nickt Jenny zu, welche die Rosen rechts in die Vase gibt und dabei aufmerksam zuhört.)

Felix (sieht sich nach Jenny um; immer verwirrter). Nun .ja, Onkel... es ist doch klar... daß das Abendessen nur

ein Vorwand des Nachbars ist, um die ins Stocken ge=
rathenen Unterhandlungen wieder aufzunehmen. Sie haben
wieder einmal glänzend Recht behalten.

Knaus (streitlustig). Wann hab' ich einmal nicht
Recht behalten? (Da Felix lächelt.) Na, reden Sie, reden Sie!

Felix (eingeschüchtert). Ich habe ja nicht das Gegentheil
behaupten wollen.

Knaus (mißt ihn von oben bis unten, wendet sich ab. Nach
kleiner Pause). Was nun aber den Kauf dieses Gutes an=
belangt, mein bester Felix, so ist Ihnen, wie ich Ihnen
nicht verhehlen will, ein gefährlicher Concurrent erstanden.
— Ich selbst!

Felix (bestürzt). Sie, Onkel?

Knaus. Wir sprechen noch darüber. Aber offen ge=
sagt: darüber bin ich ins Klare gekommen, daß Sie so
wenig zum Landwirth taugen, wie ich — (indem er sich auf
den Bauch schlägt) zum Ballettänzer!

Felix (zu Jenny, weich). Das ertrag' ich nicht länger.
(Dringlich.) Sie müssen mir eine Unterredung gewähren.

Jenny. Müssen?

Felix. Nein! — (Faßt sie an der Hand.) Verzeihung!
(Will ihr die Hand küssen.)

Knaus (schielt hinüber, räuspert sich, Felix läßt Jennys Hand
los. Knaus nach der Uhr sehend). Ich bitte dich, Jenny, sieh zu,
wo mein Schwiegersohn bleibt.

Felix (zu Jenny). Ich werde nachsehn; — sorgen Sie
für Ihre Blumen! (Wendet sich zum Gehen.)

Jenny. Felix . . . (Nimmt eine Rose aus der Vase, reicht
sie ihm.)

Felix (küßt ihr stürmisch die Hände). O Jenny! — Sie
lächeln — und wohl gar über mich? — Ja, ja, Sie haben
ganz recht! Ich benehme mich jetzt wirklich mitunter zag=
haft, schüchtern, nicht wie ein Husarenrittmeister, (mit Energie)
der doch fürwahr allezeit im Leben Cour — Wer aber ist
schuld daran? Nur Sie, Sie allein, Sie böses Mädchen,
Sie! (Küßt ihr die Hand. Geht. Vor den Stufen stehen bleibend.)
Ja, lachen Sie nur. Ein schüchterner Husarenrittmeister —
es ist wirklich lächerlich! (Rasch durch die Veranda ab. Thür a.)

Als Manuscript gedruckt.

Fünfter Auftritt.

Die Vorigen, ohne Felix. Später Günthner, Philippine.

Knaus. Na, was sagst du?

Jenny. Du warst recht unfreundlich mit ihm, Papa.

Knaus (aufstehend). Unfreundlich, ich!?

Jenny. Du weißt, daß er mich liebt, und in meiner Gegenwart beschämst du ihn so. Du sagtest ihm ja rund heraus, daß Du ihn nicht zum Nachbar haben willst.

Knaus. Das ist auch so. Denn ganz abgesehen von seinem Heiratsproject, möchte ich ihn auch nicht als Nachbar haben. (Bei Seite.) Zu all' der Langweile hier noch einen langweiligen Nachbar und noch dazu einen, der so miserabel Whist spielt! — (Sich umwendend.) Da kommen sie endlich!

Jenny. Du willst ungestört mit ihnen reden?

Knaus (ihr die Wange streichelnd). Ja, mein Kind! (Jenny grüßt Günthner und Philippine, die gähnend und trägen Schrittes von rechts, Thür a, durch die Veranda kommen, dann nach rechts ab, Thür c.)

Sechster Auftritt.

Knaus, Günthner, Philippine. Zuletzt Ella.

Günthner. Guten Morgen, Schwiegerpapa. (Sinkt wie erschöpft auf das Sopha — rechte Seite des Sopha's — streckt die Beine von sich. Philippine in einem bequemen Schlafrock, ein Buch in der Hand, sinkt neben ihm ganz müde aufs Sopha — linke Seite des Sophas. Sie machen sich's so bequem, daß sie den ganzen Raum des Sophas vollkommen ausfüllen. Knaus wirft einen Blick auf Beide, stößt einen tiefen Seufzer aus, geht vorne nach rechts. Nach kurzer Pause.) Entschuldige, daß wir dich warten ließen.

Knaus (sieht ihn an, schüttelt den Kopf. Seufzend). Ich bin daran gewöhnt. (Günthner seufzt. Knaus, indem er sich auf die Lehne des Stuhles I stützt, vorwurfsvoll zu Günthner, ohne sich zu setzen.) Ich bin gar nicht zufrieden mit Philippinens Aussehen.

Günthner (immer in größtem Phlegma). Was? — Sie nimmt mit jedem Tage zu.

Philippine. Du machst dich einfach lächerlich! Seit sechs Wochen nähre ich mich hauptsächlich von Fett, was nach Professor Ebstein den Ansatz von Fett geradezu verhindert.

Günthner (einfallend). Aber die Professoren Ortler und Schweninger —!

Philippine. Ich halte mich an Ebstein. — Und was das Bischen Süßigkeiten betrifft, die ich genieße, so kannst Du im Moleschott nachlesen: (docirend) „daß die stickstofffreien organischen Nahrungsstoffe für die Instandhaltung des Körpers nicht entbehrt werden können".

Günthner (sich die Ohren zuhaltend, aber ganz phlegmatisch). Gut, gut, gut! Ja, Du bist also abgemagert.

Philippine. Gewiß! Und ich fühle mich auch gar nicht wohl. (Seufzend.) Hier spür' ich wieder einen Druck, und (seufzend) hier.

Günthner (zuckt die Achseln). Du schläfst zu viel.

Philippine (gähnend). Ich muß viel schlafen. Ich fühle mich immer so matt . . . (Seufzt, beginnt zu lesen.)

Knaus. Du solltest dich energisch zusammennehmen. Du warst immer gesund. Erst seit du auf dem Lande lebst, in dieser herrlichen Luft — es ist unglaublich! (Für sich.) Mir geht's eigentlich ebenso! — Aber zur Sache. Setzen wir uns. (Sieht sich um.) Na, Ihr sitzt natürlich schon. (Setzt sich, Stuhl I.) Eine Frage vor Allem, Theodor. Ist der Bauplan zur Sägemühle fertig?

Günthner. Der Plan zur Sägemühle? (Gedehnt.) Ja —

Knaus (freudig). Ja?

Günthner. Ich wäre damit fertig, wenn, wenn — die Sache ist nicht so einfach, das erfordert (gedehnt) Zeit! Verstehst Du — die Regulirung des Baches —

Knaus (die Arme verschränkend). Wie lange ist's her, daß Ihr zu mir aufs Land übersiedelt seid? (Günthner seufzt.)

Philippine (immer lesend). Ungefähr zehn Monate.

Knaus. Was für Fortschritte hast Du inzwischen mit deinen Erfindungen gemacht? Mit der elektrischen Lampe, mit der neuen Methode, Leder zu färben . . .

Günthner. Du bist sehr hart, Schwiegerpapa. Die Einrichtung des Laboratoriums, die Aufstellung der Maschinen — das Alles erfordert Zeit. Das Leben ist so kurz. Und die zahllosen neuen Werke über Elektrotechnik, die man studiren muß. — Und dann meine neue Verbesserung der elektrischen Glühlampe, die ich noch nicht ganz gefunden habe — und das Leben ist so kurz.

Knaus. Es ist allerdings zu kurz, wenn man zwei Drittel davon verschläft und in dem dritten Drittel die Hände in den Schoß legt. (Da Philippine sich erheben will.) Du mußt bleiben, um Zeugin unseres Gesprächs zu sein. — Was versprachst Du mir ferner Alles hier ins Leben zu rufen: eine Holzschleiferei, eine Papierfabrik... wenn Du aus dem Joch erlöst sein würdest, wie Du deine Anstellung als Ober-Ingenieur nanntest. Ich veranlaßte dich endlich, deinen Posten aufzugeben, Du wurdest frei, und was hast Du geleistet während dieses Jahres? — Nicht das Mindeste!

Günthner. Du bist sehr, sehr hart gegen mich, Schwiegerpapa.

Knaus. Doch ja, etwas hast Du geleistet. Nachdem Du mit Philippine durch sechs Jahre in glücklichster Ehe lebtest, hast Du's dahin gebracht, daß Ihr euch völlig gleichgültig geworden seid.

Philippine (seufzend). Ach ja!

Günthner. Ja, man kann nicht ewig kosen wie die Turteltauben.

Knaus. Zur Sache! — Ich habe mich entschlossen, einen jungen Mann in mein Haus aufzunehmen, den Sohn eines alten Freundes. (Zu Günthner.) Du wirst in ihm einen tüchtigen Collegen kennen lernen, einen jungen Ingenieur, der dir als Gehilfe, als energischer Mitarbeiter zur Seite stehen soll.

Günthner (ist aufgestanden; mit Rührung). Ich verstehe dich, Schwiegerpapa. Mir fehlt es an Energie. Natürlich.

Knaus (ärgerlich) Da hat man's.

Günthner. Sei ohne Sorge. Ich mache Platz. Philippine, wir verlassen dieses Haus, noch in dieser Stunde. (Philippine macht eine verächtliche Bewegung mit dem Kopfe, liest gelassen weiter.)

Knaus (besorgt). Aber ich versichere dir, Theodor —

Günthner. Um keinen Preis bleibe ich länger unter diesem Dache. Philippine, wir packen unsere Koffer. (Philippine zuckt die Achseln, fährt fort zu lesen. Weinerlich.) So geht's einem Menschen, der nicht zu flunkern versteht, einem ehrlichen Kerl, der in diesem kurzen Leben, in dem Alles so viel Zeit erfordert — ach Gott, ich bin ein recht unglücklicher Mensch. (Wendet sich ab, schneuzt sich hörbar.)

Knaus (zu Philippine). Hatte ich nicht Recht, daß ich dich als Zeugin hier behielt?

Günthner. Adieu, hier sieht mich Niemand wieder! (Ab durch die Veranda, Thür a.)

Knaus (ihm einige Schritte folgend). Theodor! Na, da möchte man aber doch —! Sieh zu, Philippine, er wird doch nicht im Ernste davongehen!

Philippine (noch immer sitzend). Du kennst ihn noch immer nicht, Papa.

Knaus (drängend). Na, geh', Pinchen, geh'!

Philippine (sich langsam erhebend). In fünf Minuten ist Alles wieder in schönster Ordnung! (Während sie nach hinten geht, seufzend und murmelnd.) Kaum sitzt man, muß man wieder aufstehen. 's ist schrecklich! Ach Gott, ich bin so matt! (Nachdem sie die Stufen emporgestiegen, hüpft Ella herein. Thür a.) Ich glaube gar, Du hast gehorcht.

Ella (verlegen, faßt sich rasch). Du! Das verbitt' ich mir. Geheimnisse der Frau Philippine Günthner wären mir wahrhaftig nicht interessant genug.

Philippine. Vorlautes Ding!

Ella (drohend, gedehnt). Du!

Knaus (rechts vorne, sich umwendend). Na, na, na! (Philippine ab Thür a.)

Siebenter Auftritt.

Knaus. Ella. Dann Jenny und Flora. Später Naumann. Zuletzt Günthner, Felix, Philippine.

Ella (eilt auf Knaus zu. Ihn umarmend). Mein süßer Papa! (Küßt ihn stürmisch und ohne aufzuhören ab. Jenny tritt ein; hinter ihr Flora. Beide beschäftigen sich an dem Frühstückstisch in der Veranda.)

Knaus. Genug — genug— (Zornig.) Genug, sag' ich! Wann wirst Du dir das endlich einmal abgewöhnen!

Jenny (hereinrufend). Wie oft hab' ich ihr gesagt, daß sich das nicht schickt.

Ella. Was sich bei dir Alles nicht schickt. Was verstehst übrigens Du vom Küssen. (Setzt sich.)

Jenny. Für eine abscheuliche Sitte halte ich es!

Ella. Das ist Geschmackssache. (Schlägt ein Bein über das andere, verschränkt die Arme.)

Jenny (wie oben). Wie sitzest Du wieder!

Als Manuscript gedruckt.

Ella. Das wäre wohl eine Schande, wenn Jemand sähe, daß ich zwei Füße habe. (Streckt die Beine aus, betrachtet selbstgefällig ihre Füße, trommelt mit den Absätzen auf den Boden.) Ich darf sie getrost sehen lassen.

Jenny (entrüstet nähertretend). Ella!

Ella. Ach, Du bist langweilig!

Knaus. Ella! Ich kann nur sagen, daß Jenny vollkommen Recht hat.

Flora (erinnernd). Fräulein?

Jenny. Papa, darf das Frühstück servirt werden?

Knaus. Ja, aber hier im Zimmer. Draußen auf der Veranda sind so viele Mücken und Fliegen! (Nach der Uhr sehend.) Wo bleibt denn der junge Mann!

Raumann (während er mit Flora den runden Tisch hinter das Sopha setzt). Der junge Herr läßt fragen, wann er die Ehre haben kann, seine Aufwartung zu machen. (Ella — nachdem sie den Stuhl I gegen die Mitte der Bühne gerückt hat, um Platz für den hereinzutragenden Tisch zu machen — eilt an den Spiegel, zupft da und dort etwas zurecht. Raumann und Flora tragen den Frühstückstisch herein, setzen ihn vor das Sopha.)

Knaus. Welche Förmlichkeit! Auf der Stelle! (Sehr heiter.) Also das Frühstück! (Flora rasch ab.) Na, Kinder, ich denke, daß von heut' an ein frischerer Hauch im Hause wehen wird. (Raumann ab. Flora setzt Stühle an den Tisch. Ein Stuhl bleibt vorne links an der Wand stehen.)

Ella (noch immer sich am Spiegel drehend und wendend). Das kann nicht schaden!

Knaus (ist durch Jenny auf Ella aufmerksam gemacht worden, ahmt — neben dem Blumentisch — die Bewegungen Ellas nach). Sehr hübsch! (Grimmig.) Dieses Pensionat sollte man der Erde gleich machen! (Philippine und Felix treten auf, Thür a. Knaus sich umwendend, äußerst besorgt.) Wo ist Theodor!? (Felix nähert sich sofort Jenny, die rechts vorn auf dem Lehnsessel Platz genommen hat, spricht eifrig mit ihr.)

Philippine (gelassen). Keine Angst, Papa. (Weist nach der Thür, Günthner tritt ein. Philippine setzt sich sogleich an den Frühstückstisch, vorn links mit dem Rücken gegen das Publicum, nimmt sofort Gabel und Messer zur Hand.)

Knaus (aufathmend). Na, da ist er! (Günthner kommt mit schmollendem Gesichte die Stufen herab. Knaus ihm entgegengehend, freudig.) Na, da bist Du ja! (Faßt ihn am Arm.) Lieber Theodor, ich werde dir jetzt den jungen Mann vorstellen.

Günthner (trägt Hut und Regenschirm in der Hand). Ich sage dir, Schwiegerpapa, wenn mir Philippine nicht so zugeredet hätte, Du hättest mich hier nicht wiedergesehen! (Knaus nimmt ihn unter den Arm, geht mit ihm nach hinten.)

Ella (hat Felix nicht aus den Augen gelassen, tritt an Felix heran, der rechts vorn eifrig mit Jenny spricht). Herr Rittmeister! (Da Felix eifrig mit Jenny weiter plaudert, für sich, sehr unmuthig.) Er hört und sieht Niemand als Jenny; es ist gradezu beleidigend! (Lauter.) Herr Rittmeister!

Felix (sich halb umwendend). Wünschen Sie etwas, Fräulein Ella?

Ella. Ich wollte Sie etwas fragen, vergaß aber mittlerweile — (Felix wirft einen Blick auf sie. Bei Seite.) Ungezogener Mensch! (Beißt sich auf die Lippe, geht nach hinten.)

Felix (bei Seite, triumphirend). Sie ärgert sich? — So ist's recht! (Erregt.) Ich will ihr beweisen, daß sie mir völlig gleichgültig ist. (Nachdem er sich nach ihr umgesehen, sich ganz ereifernd.) Ich habe aber auch in meinem ganzen Leben noch kein Frauenzimmer gesehen, das mir so gleichgültig gewesen wäre, wie dieses Mädchen!

Philippine. Werden wir endlich einmal essen?

Knaus (vorkommend). Wie gesagt, Kinder, (Alles wendet sich ihm zu) mit unserm neuen Hausgenossen wird sich — Gott sei Dank — ein lustigerer Ton einstellen —!

Naumann (durch die Veranda). Er kommt, gnädiger Herr.

Knaus. Na, endlich! (Alle treten, mit Spannung nach der Veranda blickend, links und rechts bei Seite, so daß Arthur nach seinem Auftreten, Thür a, oben auf der Veranda vollständig sichtbar wird.)

Achter Auftritt.

Die Vorigen. Arthur.

Arthur (junger Mann mit blassem Gesicht, mit spärlichem Flaumbart, langem, hinter die Ohren gekämmtem Haar, altfränkisch gekleidet, einen breitkrämpigen Cylinderhut in der Hand, bleibt einige Augenblicke auf der Veranda stehen, macht dann eine tiefe Verbeugung: nähert sich langsam Knaus, der ihn ganz verblüfft anstarrt. Indem er den Hut an die Brust drückt und den Kopf vorneigt.) In tiefster Ergebenheit habe ich die Ehre, meine Aufwartung zu machen. (Steigt die Stufen herab.)

Knaus (einige Augenblicke sprachlos, dann ihn anstarrend). Sein Sie — sein Sie — willkommen in meinem Hause. (Reicht ihm die Hand. Arthur ergreift sie mit beiden Händen, neigt sich darüber.) Was fällt Ihnen denn ein! (Zieht rasch seine Hand zurück.)

Arthur. Warum sollte ich diese Hand nicht küssen, die gütige Hand des treuesten Freundes meines seligen Vaters.

Knaus (faßt ihn an der Achsel, dann nach einer kleinen Pause herausplatzend). Wie Sie sich verändert haben, das ist — das ist gradezu — unglaublich! Also Kinder, ich stelle euch den Sohn meines alten Freundes Helffrich vor, Arthur Helffrich. (Arthur hält die Augen zu Boden gerichtet.) Meine Tochter Jenny. Meine Tochter Philippine. Hier deren Mann, Theodor Günthner. Rittmeister Felix von Grimburg, (brummend), eine Art Neffe. Meine Tochter Ella. (Ella hustet, da Arthur gar nicht die Augen aufschlägt.) Also zum Frühstück. Bitte, Herr Helffrich! (Deutet nach links auf das Sopha.)

Ella (zu Philippine). Der sieht einen gar nicht an! (Geht vor.)

Günthner (mit Knaus hinten nach links gehend). Scheint sehr energisch — der junge Mann. (Setzt sich auf die linke Seite des Sophas. Arthur nimmt auf der rechten Seite des Sophas Platz und behält den Hut in der Hand; Jenny setzt sich rechts neben Arthur auf einen Stuhl. Felix setzt sich rechts an die Schmalseite des Tisches. Ella vorn mit dem Rücken gegen das Publicum, jedoch weit genug nach rechts, um Arthur und Günthner nicht zu decken. Philippine sitzt vorn, möglichst weit nach links, hört während der ganzen Scene nicht auf, eifrig zu essen.)

Knaus (achselzuckend). Ja, wie der sich verändert hat. (Geht von hinten links an der Wand nach vorn, blickt, bevor er sich setzt, nach Arthur. Seufzend.) Auf dieses Kaninchen hab' ich meine Hoffnungen basirt! Da hab' ich mich schön verrechnet! (Setzt sich links an die Schmalseite des Tisches.)

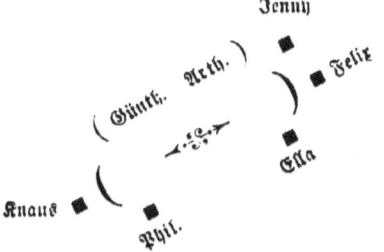

Arthur (sitzt noch immer — den Hut an die Brust gedrückt — da. Raumann und Flora haben mittlerweile Schüsseln mit Schinken, kaltem Braten, Weinflaschen und Gläser auf den Tisch gesetzt; gehen nun ab, Thür a. Die Schüsseln werden herumgereicht. Jenny servirt

Arthur eine Schüssel, nimmt ihm, da er sie rathlos und verwirrt anstarrt, den Hut weg, legt denselben auf den runden Tisch hinter dem Sopha. Da Knaus ihm Wein eingießen will, die Hände über das Glas haltend.) Ich danke vielmals. Wein trinke ich nie.

Knaus. Sie trinken Bier? — Naumann, Bier, Bier!

Arthur. Ich danke vielmals. — Bier trinke ich nie.

Knaus. Was denn? Ah, Sie müssen einen Schluck Wein trinken! (Will wieder eingießen, Arthur hält protestirend die Hände über sein Glas.) Einen Tropfen nur!

Arthur. Ich danke vielmals. Ich trinke nur Wasser.

Knaus (entsetzt). Wass — Wasser! — Na, mein Verehrtester, die Züge haben Sie von Ihrem Papa; von seinem Wesen aber — gar nichts! Ihr Papa — hat einen guten Tropfen zu schätzen gewußt und es kam ihm nie darauf an, nach dem letzten Glas noch ein allerletztes zu trinken. (Leert sein Glas in einem Zug.)

Günthner (ununterbrochen eifrig essend und trinkend). Thut mir leid, ihn nicht gekannt zu haben.

Knaus. Wissen Sie, wie er den Wein zu nennen pflegte? Flüßige Musik, Musik für die Kehle.

Arthur (verwundert). So? (Jenny nöthigt ihn zum Essen.)

Knaus. Das verstehen Sie natürlich nicht.

Günthner. Ich verstehe das. In diesem Sinne bin ich sogar sehr musikalisch — (leert sein Glas) und schwärme für die unendliche Melodie!

Knaus. Sagen Sie mir doch, unter was für Menschen Sie gesteckt haben, seit ich Sie nicht gesehen habe?

Arthur. O, unter den besten, den wackersten! — Nach dem Tode meines in Gott ruhenden Vaters gab mich die Tante —

Knaus (grimmig). Die Tante?

Arthur. Tante Emilie (Knaus brummt Etwas in den Bart) in eine treffliche, heilsam strenge Erziehungsanstalt —

Knaus (zwischen den Zähnen vor sich hinbrummend). Diese Tante soll der Erdboden verschlingen! Schopenhauer zu Ehren wurde der — Arthur getauft. (Sieht Arthur an, schüttelt den Kopf, stützt ihn in die Hand, blickt mißmuthig vor sich hin.)

Jenny. Du hast kaum einen Bissen gegessen, Papa.

Knaus (verdrießlich). Ich habe keinen Appetit.

Als Manuscript gedruckt.

Ella (zu Philippine, die fortwährend ißt). Aber Philippine — iß doch nicht so viel. Du wirst wieder über Magendrücken klagen.

Philippine. Ich verbiete mir —!

Günthner. St, Philippine —!

Ella (langt nach dem entfernt stehenden Brotkorb). Ach, Theodor, ich bitte dich. (Günthner spießt noch rasch ein großes Stück Schinken mit der Gabel auf, schiebt es in den Mund.) Gleich!

Felix. Warum sagen Sie mir nicht —? (Reicht ihr den Brotkorb.)

Ella (stößt denselben von sich). Ich danke! (Felix setzt ihn vor sie hin; sie schiebt ihn weg, lehnt sich abgewendet zurück, verschränkt die Arme. Vor sich hinmurmelnd.) Wie mir der Mensch zuwider ist!

Felix (rückt seinen Stuhl zurück. Sich abwendend, vor sich hin). Sie ist unausstehlich!

Ella. Und der da drüben — ach, es ist heut wieder recht amüsant bei uns. (Laut.) Pferdegetrappel? (Horcht; steht rasch auf, eilt nach rechts ans Fenster. Man hört plötzlich Flora hinter der Scene laut kichern.)

Jenny (entrüstet). Ist das Flora?

Neunter Auftritt.

Die Vorigen. Victor.

Victor (hinter der Scene). Na, na, na! Gehen Sie voran, mein Schatz.

Flora (kommt durch die Veranda, Thür a, wendet sich um). Wenn ich bitten darf — (eilt rasch fort).

Victor (bleibt überrascht stehen). Ah hier? (Bei Seite.) Das nenn' ich eine schöne Einführung! (Sich nähernd, laut.) Ich bitte tausendmal um Entschuldigung, daß ich störe — (sich verbeugend) Herr Rath —!

Felix (ihm entgegeneilend). Victor!

Victor. Felix! (Schütteln sich die Hände. Günthner grüßt, sitzen bleibend, Victor mit der Hand. Knaus steht auf.)

Felix. Ich habe meinen Augen kaum getraut!

Victor. Verzeihen Sie, Herr Rath, daß ich Ihnen so plötzlich ins Haus falle, aber die große Liebenswürdigkeit, mit der Sie mir im vorigen Sommer in Carlsbad entgegenkamen, ermuthigt mich, bei Ihnen einzutreten.

Knaus (höflich, aber sehr kühl). Bitte, bitte, sehr erfreut. Meinen Töchtern wurden Sie noch nicht vorgestellt —

Ella (sehr laut). Nein!

Victor (sich gegen Ella verbeugend). Ich hatte noch nicht die Ehre.

Knaus (vorstellend). Herr Graf Victor von Schön=hoff. Meine Tochter Jenny, Frau Günthner, meine Tochter Ella, Herr Helffrich. (Jenny steht auf, geht nach links, rückt den Stuhl von der Wand zwischen Günthner und Knaus, setzt sich. Arthur ist gleichzeitig aufgestanden, tritt bescheiden hinter das Sopha.) Bitte, Herr Graf! (Deutet auf den leeren Stuhl.) Wollen Sie nicht an unserm Frühstück theilnehmen?

Victor (sehr höflich und sich verbeugend). Leider habe ich schon gefrühstückt. Aber ein Glas Wein werde ich mit Dank annehmen. (Er setzt sich auf den Stuhl Jennys, legt die Hand auf die Lehne des Sophas. Ella setzt sich wieder auf ihren Stuhl, jedoch so, daß sie Victor nicht deckt und das Gesicht dem Publicum zukehrt. Arthur weiß vor Verlegenheit nicht, wie er an seinen Platz gelangen soll. Er geht hinter dem Sopha schüchtern nach links, da Günthner sich aber nicht rührt, wieder nach rechts.) Darf man fragen, Herr Rath, wie Ihnen das Landleben bekommt; das otium cum dignitate?

Knaus. O, ganz vortrefflich. (Flora setzt ein Glas auf den Tisch, gießt Wein in dasselbe. Da Victor sie, den Schnurrbart drehend, anblickt, wird sie verlegen, ihr Arm zittert, das Glas läuft über.)

Victor. Bitte, nur bis zum Rand, ich bin genügsam. (Flora ab. Arthur tippt Victor schüchtern auf die Achsel.) Ah, Pardon! (Zieht die Hand von der Sophalehne weg, rückt den Stuhl zurück. Arthur setzt sich wieder auf das Sopha. Victor ergreift das Glas, steht auf.) Auf das Wohl des verehrten Hausherrn. (Stößt mit Knaus, dann mit den Uebrigen an, blickt dann plötzlich wie erstarrt nach Arthur. Mit komischem Pathos.) Ihr unsterblichen Götter! Was erblicken meine Augen? (Aller Augen richten sich auf Arthur.) Ein Glas das leer ist!

Arthur (ganz verwirrt, hebt mechanisch das Glas auf, sieht hinein. Aengstlich). Ja, es ist leer!

Victor (die Weinflasche erfassend). Darf ich so frei sein, Herr Rath? (Knaus macht eine zustimmende Geberde, ruft: „Bitte!" Victor will Arthur einschenken; dieser hält die Hände über sein Glas. Victor sehr höflich, aber energisch.) Bitte, bitte, bitte!

Arthur (zieht erschrocken die Hand zurück). Ich habe noch nie Wein getrunken.

Victor (das Glas vollgießend). Sie finden keinen würdigeren Anlaß, damit anzufangen. (Sein Glas erhebend.) Herr Rath! (Leert das Glas, Alles trinkt. Arthur hat sich erhoben, will das Glas, ohne zu trinken, niedersetzen. Victor ihn energisch, aber sehr liebenswürdig drängend.) Ich muß dringlichst bitten! (Arthur führt das Glas an die Lippen, nippt. Victor anspornend.) Bravo, vorwärts! Ex, ex, ex! (Arthur trinkt das Glas aus, stellt es mit einem tiefen Seufzer auf den Tisch.) Nun sehen Sie, Sie leben noch, nicht wahr?

Arthur. Ja! (Alle lachen. Arthur trocknet sich mit der Serviette, dabei das ganze Gesicht verhüllend, die Stirn.)

Victor (sich verneigend). Verzeihen Sie, Herr Rath. (Setzt sich wieder, Arthur desgleichen.)

Felix (Victor auf die Schulter klopfend). Wie ich mich freue, Victor!

Victor. Heuchler! Auf zwei Briefe hast Du mir keine Antwort gegeben.

Ella. Warum soll er sich denn nicht freuen? (Jenny blickt Ella entrüstet an, dann wendet sie sich ab.)

Victor. Weil ich komme, ihn zu entführen. (Mit einer Verbeugung gegen Knaus.) Dies der Grund meines Ueberfalls, Herr Rath. (Zu Felix.) Die Zeit des Müssiggangs ist vorüber. Die Zeit der Heldenthaten ist erschienen. (Spottend.) Achilles inmitten der reizenden Töchter des Königs -- wie hieß er doch —?

Ella (mit Stolz). Lycomedes, König der Insel Scyrus.

Victor. Ich danke Ihnen. Ja, meine Damen, es thut mir leid, Ihnen den maître de plaisir entführen zu müssen.

Ella. Maître de plaisir? (Steht auf, geht mit Serviette und Serviettenreif vorne nach rechts, rollt die Serviette zusammen, steckt sie in den Reif.)

Victor. Hast Du den Ton gehört? - Felix, Du mußt dich ganz gewaltig verändert haben.

Felix (seufzend). Das scheint mir selbst so. (Zu Knaus.) Wir haben miteinander abgemacht - es ist schon ziemlich lange her — gemeinsam eine Art Rundreise zu unternehmen. Zuerst nach Amerika, dann hinauf nach dem Nordpol

Victor. Von da nach Afrika, wo wir zur Abwechslung eine Tigerjagd mitmachen wollen.

Ella (tritt näher. Sehr ernsthaft). Der Tiger lebt nur in Asien.

Victor. Pardon! Ich habe Löwenjagd sagen wollen. Gibt's übrigens in Afrika wirklich keine Tiger; wissen Sie das bestimmt?

Ella. Ganz bestimmt. (Setzt sich wieder auf ihren Platz.)

Victor. Dann muß es wohl so sein.

Knaus (mit leisem Hohn). Und Sie, guter Felix, wollen eine so anstrengende Reise unternehmen?

Felix. Das heißt —

Victor (hat ihn fragend angeblickt). Das heißt, er scheint in diesem Augenblick nicht zu wollen, aber ich will. Und da wir uns gegenseitig das Wort verpfändet haben — ist's nicht so, Felix?

Felix. Allerdings, indessen —

Victor. Kein indessen, liebster Freund. In längstens vier Tagen schwimmen wir auf dem Ocean.

Felix. Na, na, so streng wirst Du's nicht nehmen.

Victor. O ja, so streng! (Leert sein Glas.) So streng. (Alles schweigt. Er blickt, das Glas in der Hand, verwundert einen nach dem andern, der regungslos und stumm da Sitzenden an. Nach nicht zu kurzer Pause.) Hm ... Sie wohnen hier — recht ruhig, Herr Rath ...

Knaus (ihn verbessernd). Herr Knaus — Knaus! — — O ja, recht ruhig!

Victor (umherblickend). Und sehr angenehm ...

Knaus. O ja, ganz angenehm. (Es tritt wieder tiefe Stille ein.)

Ella. Ein Engel geht durchs Zimmer. (Naumann ist eingetreten, kommt auf den Zehen ganz leise vor.)

Victor. Wo?

Felix. Da ist der Engel! (Alles blickt lachend nach Naumann. Naumann runzelt die Stirn, geht nach links, überreicht Knaus ein Document.)

Knaus. Was gibt's?

Naumann. Der Diener sagt, es muß sogleich zurück-geschickt werden. (Tritt nach hinten, wirft böse Blicke herüber.)

Knaus. Ich bitte um Entschuldigung. (Setzt seinen Zwicker auf.)

Ella. Sie sind gewiß gewohnt, zu rauchen, Herr Graf — aber wir haben leider keine ...

Victor (eine Cigarettentasche hervorziehend). Darf ich mir erlauben —? (Knaus nickt, liest. Jenny schmiegt sich an Knaus' Achsel, liest gleichfalls. Victor anbietend.) Meine Damen, es sind griechische . . .

Ella (eine Cigarette nehmend). Griechische? (Steckt sie in den Mund.)

Victor (reicht die Cigarettentasche Günthner).

Philippine. Darf ich?

Günthner (Knaus anblickend). Später. Der Papa sicht's nicht gern. (Er bietet Jenny Cigaretten an.)

Jenny (scharf). Ich danke!

Günthner. Bitte! (Bietet Arthur an.)

Arthur (fast entsetzt). O, ich rauche nicht!

Günthner. Verzeihen Sie mir diese Zumuthung. (Victor zündet ein Zündhölzchen an.)

Ella. Bitte, Herr Graf. (Beide brennen Cigaretten an.)

Günthner. Wenn Ella raucht, rauchen wir auch.

Jenny (blickt auf, bemerkt, daß Ella raucht. Entrüstet). Ella! — Papa, ich bitte dich!

Knaus (blickt auf). Ella! Du rauchst!?

Victor (beschwichtigend). Die Cigaretten sind sehr leicht.

Knaus. Leicht oder schwer, eine Dame raucht nicht. Das ist unanständig!

Victor (überrascht, aber sehr höflich). Oho, Herr Knaus!

Knaus. In meinem Hause rauchen die Damen nicht. (Steht rasch auf. Rauh.) Wo ist der Gemeindediener? (Naumann zeigt nach rechts. Victor blickt Knaus überrascht an. Alle erheben sich von den Plätzen.) Theodor, Du wirst so freundlich sein, mit Herrn Arthur einen Rundgang zu machen. (Günthner gähnt. Bei Seite.) Schlafmütze! (Geht vor.) Und der da, dieser Wasser=trinker! Herr, hab ich mit dem verrechnet! (Zu Flora, die abräumt.) Laß' meinen Wein da. (Geht vorne, nach rechts.) Und dieser hereingeschneite Graf mit seinem unerwarteten Reiseproject! — Soll mir der Oel ins Feuer gießen!? (Laut.) Felix!

Felix (herbeieilend). Lieber Onkel —?

Knaus (leise). Wenn Sie mir einen Gefallen er=weisen wollen, Felix, so erklären Sie Dem da (sieht sich nach Victor um) kategorisch, daß Sie auf keinen Fall die Reise mitmachen. Ferner trachten Sie, daß er recht bald das Feld räumt! (Rasch ab nach rechts, Thür c. Günthner und Arthur, der nach allen Seiten tiefe Verbeugungen macht, nehmen ihre Hüte, gehen durch die Veranda ab, Thür b. Naumann und Flora tragen den Frühstückstisch wieder nach der Veranda zurück und setzen dann den runden Tisch mit dem Teppich wieder an seinen frühern Platz vor das Sopha. Flora setzt eine Weinflasche und ein Glas auf den Tisch. Sie versetzen noch die Stühle in dieselbe Ordnung wie zu Beginn des Actes, dann Beide ab, Thür a.)

Philippine (die links vorn mit Jenny gesprochen hat). Begleitest Du mich, Ella?

Ella. Soll ich dir schlafen zusehen? (Zu Victor, der in der Mitte der Bühne mit Felix spricht.) Es wird nämlich sehr viel geschlafen hier im Hause.

Victor. So, so. (Zu Philippine.) Meine Gnädige... Mein Fräulein...

Philippine. Herr Graf... (Victor küßt ihr, dann Ella, die sich einen Augenblick sträubt, die Hand. Philippine und Ella rechts ab, Thür a.)

Victor (da Jenny kalt grüßend links an ihm vorüber will). Mein Fräulein, ich kann Sie nicht ziehen lassen ohne diesen Tribut. Das ist unser Herrenrecht zu Arras. (Greift nach ihrer Hand.)

Jenny (tritt einen Schritt zurück, streng). Ich bitte sehr! (Ab nach rechts, Thür c. Felix begleitet sie bis an die Schwelle.)

Zehnter Auftritt.

Felix, Victor.

Victor (ihr nachblickend). Die Sorte Frauenzimmer liebe ich. (Geht vorne nach links. Ihr nachahmend.) Ich bitte sehr! (Felix, der sich nähert, zurufend.) Die ist wohl Ceremonien= meisterin hier im Hause?

Felix. O Victor, das ist ein Mädchen, wie es wenige gibt.

Victor. Gott sei Dank! Felix, komm her, laß' dich 'mal ansehn. (Beide stehen ganz vorn in der Mitte der Bühne. Mustert ihn, legt die Hände auf seine Schultern.) Du bist ja ein ganz Andrer.

Felix. Wieso?

Victor (mit inniger Theilnahme). Du kommst mir so gedrückt, förmlich eingeschüchtert vor.

Felix. Ach, wenn Du wüßtest!

Victor (geht einen Schritt nach links). Ach so!

Als Manuscript gedruckt.

Felix. Was?

Victor (ihn an der Schulter fassend). Na, Du bist wieder einmal verliebt. Don Juan Du, diese kleine Frau —

Felix. Nein, nein, Victor, ich habe die besten, die ernstesten Absichten.

Victor. Was! Wie? — Ja, Du denkst doch nicht an eine Heirath? (Da Felix schweigt, die Hände zusammenschlagend.) Ein Mensch, der die Weiber kennt, wie Du — und heirathen! (Fast wehmüthig.) Nein, das ist ja nicht möglich.

Felix. O Victor, die ist nicht wie die Andern!

Victor. Das glaubt Jeder vor der Hochzeit. Und was nun gar diese schnippische Ella betrifft ...

Felix (sich ereifernd). Wo denkst Du hin! Ella, die ist mir höchst gleichgültig! In einer Weise gleichgültig —

Victor. Ja, sag' Du mir — Du liebst doch nicht etwa — diese — „ich bitte sehr!" diese ... Jenny, oder wie sie heißt.

Felix. So innig, wie nie ein Mann geliebt hat.

Victor. Das glaubt auch Jeder — Nein, ich kann mich kaum erholen! Eine zimperliche Jungfer — ah, verzeih' mir! Na, wahrhaftig, die Liebe macht doch einen Jeden —

Felix. Was?

Victor. Dumm.

Felix. Stumm?

Victor. Dumm hab' ich gesagt, entschuldige! — Sie liebt dich natürlich wieder?

Felix. Bald glaube ich's, bald zweifle ich daran, und dann — dann leide ich unsäglich!' Ach, wenn nur diese Zweifel nicht wären! (Läuft auf und ab.)

Victor (ihm folgend). Hast Du denn vergessen —?

Felix (leidenschaftlich). Ja, ich habe Alles vergessen. Eins nur weiß ich noch, daß ich — wenn sie nicht mein wird — (hebt die Hand über den Kopf empor).

Victor. Was?

Felix (nach kleiner Pause, ganz abgekühlt). Das weiß ich noch nicht. (Wirft sich, das Gesicht verhüllend, rechts vorn auf den Lehnsessel.)

Victor. Mein bester Freund! (Er hält sich mit der einen Hand an der Lehne des Stuhles fest, gestikulirt, sich niederbeugend, mit der andern.) Was ist denn Liebe? Capriciöse Auswahl! Besinne dich, komm zu dir! Alles, Alles ist doch nur Einbildung!

Felix (aufblickend). Capriciöse Auswahl, sagst Du? — Einbildung? — Du würdest Recht haben, wenn an meiner Liebe die Sinne den geringsten Antheil hätten. Aber es ist eine Liebe der Seele —

Victor (die Hände ringend). So spricht ein Husaren-rittmeister. Ja, sag' 'mal — ist es dir wirklich ernst mit deiner Liebe —?

Felix (springt auf, faßt ihn an den Schultern, stürmisch). Eine Lebensfrage ist's für mich!

Victor. Was hält dich also ab, die Sache zum Ab-schluß zu bringen?

Felix. Was kann ich denn thun, wenn Jenny sich nicht entschließen will?

Victor. Ah, steht es so? — Nun, und der Alte?

Felix. Das ist's ja, was mich so unglücklich macht. Hier liegt ein unüberwindliches Hinderniß!

Victor. Lächerlich! Mit Kraft oder List überwindet man jedes Hinderniß!

Felix. Dieses nicht! Du erinnerst dich wohl noch, wie versöhnlich der alte Knaus sich nach dem Tode meines Vaters gegen mich benahm. Nun zeigte es sich aber, daß diese Versöhnlichkeit nur bis zu einem gewissen Punkte reicht. Seit er weiß, daß ich um Jenny werbe, haßt er mich! Und Jenny ist eine viel zu zärtliche Tochter, als daß ich hoffen könnte, je ans Ziel zu kommen!

Victor. Und ich sage dir, daß der Alte mit Leichtig-keit zu überlisten ist. Felix, weißt Du was? Schlage dem Alten vor, daß er mich einladet, hier zu bleiben.

Felix. Das ist leider unmöglich!

Victor. Warum?

Felix. Bevor er wegging, sagte er zu mir — Du bist aber nicht böse —

Victor. Nur zu.

Felix. Trachten Sie, daß Der da —

Victor. Das bin ich, Der da?

Felix. Das bist Du!

Victor. Schön.

Als Manuscript gedruckt.

Felix. Trachten Sie, sagte er, daß Der da — (mit entsprechender Geste) recht bald das Feld räumt.

Victor. So. — Das ist recht deutlich. Und glaubst Du nicht, daß ich ihn doch captiviren könnte?

Felix. Versuch's in Gottes Namen. Aber Eins leg' ich dir ans Herz. Sei mit ihm höflich.

Victor. Im Gegentheil. Der Alte sieht mir ganz darnach aus, als ob es ihm ein Vergnügen machen würde, sich mit Jemand tüchtig zu zanken. Ah, da ist er.

Elfter Auftritt.
Die Vorigen. Knaus. Raumann.

Victor (während Knaus und Raumann eintreten, sehr laut zu Felix). Wie gesagt, ich gebe dir dein Wort nicht zurück, wir reisen! (Sich umwendend.) Ah, Herr Knaus — (lächelnd) wir haben noch ein Hühnchen mit einander zu pflücken.

Knaus (nach rechts vorgehend, streitlustig). Wieso?

Victor (links, neben Knaus). Sie sagten vorhin über das Rauchen der Damen —

Knaus. Daß es unanständig sei; jawohl! (Legt die Arme auf den Rücken, lehnt sich rechts an den Schreibtisch.)

Victor. Darf ich Sie bitten, mir das zu motiviren. (Felix, der links hinter Victor steht, zupft ihn verstohlen.)

Knaus (sich erhitzend). Das ist Sache des Takts, man muß es fühlen!

Victor. Ein Gefühl ist kein Argument. (Felix zupft Victor, der ihn heimlich abwehrt.)

Knaus (lauter). Es ist unweiblich!

Victor (ebenso). Erlauben Sie, unweiblich ist, was gegen das Wesen des Weibes verstößt. Kann man das nun von der zierlichen Cigarette behaupten, die graziös zwischen den Fingern gehalten wird und aus der die Lippen allerliebste blaue Wölkchen entlocken.

Knaus (immer hitziger). Das sind Sophismen!

Victor (ebenso). Warum führen Sie denn keine Beweise an?

Knaus. Beweise? Soviel Sie wollen!

Victor. Na bitte, bitte!

Knaus. Wenn der Mund eines Mädchens, einer Frau, den die Poeten mit einer Rose vergleichen, nach Tabak duftet —

Victor. Aber den Duft von Wein und Bier — den gestatten Sie?

Knaus. Entschuldigen Sie, das ist lächerlich!

Victor. Entschuldigen Sie, es ist nicht Alles lächerlich, worüber man lacht!

Knaus (sehr hitzig). Herr — das — Und — (Sieht ihn an, trocknet die Stirn; mit Behagen und schmunzelnd.) Ei — wir sind ja ganz gewaltig in Eifer gerathen ...

Victor (sich verbeugend). Ich bitte Sie, mir's nicht übel zu nehmen.

Knaus (wie umgewandelt, ganz freundlich, indem er ihm die Hand reicht). O, durchaus nicht! Was denken Sie! — Aber warum setzen wir uns eigentlich nicht? (Rückt ihm links einen Stuhl zurecht.) Kommen Sie, trinken Sie ein Glas Wein mit mir. (Geht nach hinten, holt von der Credenz eine Weinflasche und ein Glas.)

Victor (leise zu Felix). Was sagst Du jetzt? (Laut.) Lieber Felix, Du wolltest mir ja den Brief zeigen?

Felix (der ganz verwundert zugehört). Brief?

Victor. Nun ja, den Brief —! (Gibt ihm ein Zeichen.)

Felix. Den Brief? Ja so — den Brief! Ja, den hole ich! (Geht, bald Victor, bald Knaus überrascht anblickend, nach links ab, Thür d.)

Zwölfter Auftritt.

Victor. Knaus. Zuletzt Naumann.

Knaus (an den Stuhl (I) tretend und Weinflasche nebst Glas auf den Tisch setzend). Herr Graf — (Victor setzt sich auf das Sopha, Knaus auf den Stuhl (I). Knaus gießt beide Gläser voll, stößt mit Victor an.)

Victor (trinkt). Hm — ein gediegener Tropfen.

Knaus (selbstgefällig). Ja, er ist nicht übel. (Zögernd.) Ja, Ihre Reise ... Felix wird sich wohl schwerlich entschließen, diese Reise mitzumachen. (Trinkt.)

Victor. Ich habe ja sein Wort. Diese Woche noch.

Knaus (verstimmt). Wirklich so rasch? — Es ist wohl indiscret, zu fragen — weshalb Sie ihn so drängen?

Victor (zögernd). Hm! Belügen will ich Sie nicht, und die Wahrheit — doch ja, ich sag's ganz offen. Ich will Felix um jeden Preis abhalten — sich zu verheirathen.

Knaus (überrascht). Ah?

Victor. Ich bitte, mich nicht mißzuverstehen. Kein anderes Motiv leitet mich, als die Ueberzeugung, daß Felix so wenig zur Ehe taugt, wie — wie etwa ich selbst. (Da Knaus ihn noch immer verwundert anblickt.) Woher stammen die vielen unglücklichen Ehen? Weil Männer heirathen, die zur Ehe nicht taugen. Der richtige Ehemann muß in der Ehe sich unablässig (lächelnd) sozusagen monotheistisch und conservativ bethätigen ... (Achselzuckend.) Das kann nicht Jeder!

Knaus (herausplatzend). Sehr richtig! (Sieht sich verlegen um, räuspert sich.)

Victor. Ich könnte es auch nicht!

Knaus (nachdem er sich umgesehen, und die flache Hand neben den Mund haltend). Ich hab's auch nie gekonnt!

Victor. Und Felix gleichfalls nicht — und darum wäre für ihn eine Heirath der dümmste Streich, den er machen könnte.

Knaus (näherrückend, ganz im Eifer). Haben Sie aber auch bedacht, daß bei jungen Leuten eine so plötzliche Trennung — Oel ins Feuer gießen heißt?

Victor (lehnt sich zurück, sieht ihn an). Ah! Sie sind also auch ein Gegner dieser Heirath?

Knaus. Ja, ich wünsche diese Heirath — durchaus nicht! Ich habe Gründe, die sehr gewichtig sind, die ich Ihnen aber nicht mittheilen kann.

Victor. Bitte, bitte, nichts liegt mir ferner, als indiscret sein zu wollen.

Knaus. Doch auch ganz davon abgesehn — Felix und meine Jenny passen nicht für einander. Sie, eine vornehme Natur, ernst und tief angelegt — und er ein Rittmeister —

Victor. Ah, erlauben Sie! Auch ich war einmal ein Rittmeister mit lockigem Haar! Ah, da muß ich bitten!

Knaus. Bitte, bitte, ich sage ja nichts gegen die Rittmeister — aber speciell dieser paßt nun einmal nicht für meine Tochter! — Halten Sie mich darum ja nicht für einen egoistischen Vater ...

Victor (gedehnt). Nein. — (Lauernd.) Und Fräulein Jenny —?

Knaus. Die Dinge liegen so. Als Knabe schon machte er ihr den Hof. Das setzte sich fort, immer im Scherz, jahrelang. — Da kam mit einemmal die Trennung: wir übersiedelten. Nun, Sie wissen ja, wie das geht — man correspondirte . . .

Victor. Setzte sich Allerlei in den Kopf . . .

Knaus. Ich treibe es aber wieder heraus! Meine Jenny kriegt er nie!

Victor. Und Jenny?

Knaus. Kriegt ihn nie.

Victor. Natürlich! Kennt Fräulein Jenny Ihren Entschluß?

Knaus. Ob sie ihn kennt!

Victor. Das ist schlimm!

Knaus. Wieso?

Victor. Weil sie dann gewiß nicht von ihm lassen wird! Sie hätten den jungen Leuten ein Hinderniß in den Weg legen sollen.

Knaus. Mehr als meinen — (komisch ernsthaft) Fluch) hab' ich doch nicht!

Victor. Mein verehrter Herr Knaus, ein Fluch ist ja kein Hinderniß, sondern eine Anspornung.

Knaus. Das versteh' ich nicht!

Victor. Vielleicht fühlt Fräulein Jenny wirklich kein tieferes Interesse für Felix, aber grade der Widerstand, den Sie ihr entgegensetzen — der reizt sie!

Knaus (steht rasch auf. Nach kurzer Pause sehr nachdrucksvoll). Hm — das könnte sein! (Setzt sich wieder.)

Victor. Versuchen Sie es einmal mit dem Gegentheil, mit dem Segen. Geben Sie ihr zu verstehen, daß Sie endlich geneigt wären — Ihre Einwilligung zu dieser Heirath zu geben.

Knaus (freudig entschlossen und äußerst lebhaft). Ja, ja, ja!

Victor. Und Felix behandeln Sie so zuvorkommend und freundlich, als möglich!

Knaus (wie oben). Zärtlich will ich mit ihm sein!

Victor. Seien Sie versichert: je höher das Thermometer Ihrer Zärtlichkeit steigt, je tiefer fällt jenes Ihrer Tochter. Wenn Sie auf dem Siedepunkt angelangt sind, wird Fräulein Jenny auf dem Gefrierpunkt sein.

Als Manuscript gedruckt.

Knaus (fröhlich). Herr Graf — Sie haben mir da einen guten Rath gegeben!

Victor. Der biedere Gellert sagt irgendwo: „Das Herz der Menschen ist der größte Betrüger. Und der Klügste weiß oft selbst nicht, was in ihm vorgeht."

Knaus (dazwischenrufend). Sehr richtig!

Victor (vertraulich). Für Den, der die menschlichen Schwächen kennt, ist es ein Leichtes, die Herzen der Menschen zu erregen, sowohl zur Liebe, als auch zum Hasse. Glauben Sie mir, es kommt bei Jedem nur darauf an, ihm den richtigen Zaubertrank zu brauen.

Knaus. Ja, ja, das glaube ich selbst. (In Eifer gerathend.) Wie glücklich könnte ich sein, wenn ich mich darauf verstünde!

Victor (steht auf, verbeugt sich). Herr Knaus, ich stelle mich Ihnen als Brauer zur Verfügung!

Knaus (steht gleichfalls auf. Hocherfreut ihm die Hand reichend). Ich nehme Sie beim Wort, Herr Graf. Brauen Sie Ihre Zaubertränke!

Victor. Es wird mir ein Vergnügen sein!

Knaus (ihm die Hand schüttelnd). Ich freue mich außerordentlich! — (Nimmt Victor unter den Arm, geht mit ihm — vorn — nach rechts.) Sie werden aber viel zu thun bekommen. Ich brauche zum Beispiel auch einen Zaubertrank für meinen Schwiegersohn — und für seine Frau, welchen Beiden schier alle Lebenskraft abhanden gekommen ist, seit sie bei mir auf dem Lande leben und die mit jedem Tage gleichgültiger gegen einander werden.

Victor. Die sollen wieder zärtlich werden — — wie ein Paar Neuvermälte!

Knaus. Ferner ein kleines Tränklein für Arthur. Er ist der Sohn des besten, des treuesten Freundes, den ich je gehabt habe. Ich hoffte, daß er mir Leben ins Haus bringen werde. — Du lieber Gott — na, Sie haben ihn ja gesehen!

Victor. Den werde ich lebendig machen!

Knaus. Ach ja, hauchen Sie ihm Leben ein. Er ist im Uebrigen ein sehr talentvoller Junge. Und er ist hübsch, nicht wahr? Sogar recht hübsch?

Victor. O ja. (Geht einen Schritt nach links, sieht sich nach Knaus um. Lachend.) Ah, ich verstehe . . .

Knaus (verlegen). Was — was verstehen Sie?

Victor. Nun, da Sie außer Jenny noch eine heiraths= fähige Tochter haben . . .

Knaus (unwillkürlich lächelnd). Nun ja! Aber das sind Pläne, auf die ich leider verzichten muß.

Victor. Ganz und gar nicht. Wir wollen energisch daran gehen — sie zur Ausführung zu bringen.

Knaus (hocherfreut). Ihre Hand, Ihre Hand! Sie helfen mir also?

Victor. Die Aufgabe reizt mich zu mächtig. (Gibt ihm die Hand.)

Knaus (dieselbe kräftig schüttelnd). Das ist ja herrlich! Mein Gast also?

Victor. Und Bundesgenosse.

Knaus (klingelt). Sogleich will ich —

Victor (ihm ins Ohr). Niemand darf erfahren, daß wir im Einverständniß sind.

Knaus. Niemand! (Zu Naumann, der durch die Veranda kommt.) Meine Tochter Jenny. (Naumann ab, Thür d.)

Victor. Eins noch. Ich möchte, daß ich als ver= heirathet gelte. (Knaus verzieht das Gesicht.) Ich kann mich freier bewegen und bin — hors concours.

Knaus. Sie haben Recht. Was aber sagen Sie zu Felix? (Jenny, Ella, Felix treten ein, Thür d.)

Victor. Das findet sich. Ich sage ihm — (wendet sich um).

Dreizehnter Auftritt.

Die Vorigen. Jenny. Ella. Felix.

Knaus (rechts vorn. Victor steht rechts neben ihm). Liebe Jenny, ich habe das Vergnügen, dir mittheilen zu können, daß der Herr Graf unser Gast sein wird. (Victor verbeugt sich lächelnd.)

Jenny (erstaunt, nähertretend). Unser Gast?

Ella (gleichzeitig). Das ist schön!

Felix (ebenso). Ah! (Geht rasch von hinten nach rechts und an der Wand fort zu Victor, dem er durch Miene und Geste sein Er= staunen ausdrückt.)

Als Manuscript gedruckt.

Knaus (zu Victor). Und nun, wenn's beliebt — durch=
wandern wir den Park.

Victor. Mit großem Vergnügen! (Leise und energisch zu
Felix, der ganz vorn rechts steht.) Du gehst mit Ella!

Knaus (Felix plötzlich zärtlich die Wangen tätschelnd und
ungemein liebevoll.) Sie kommen doch mit, mein bester Felix?
(Sich nach Victor umwendend.) Ist's so recht? (Nimmt Felix, der
ganz verdutzt „Ah?" ausgerufen hat, unter den Arm. Alles setzt sich in
Bewegung.)

Der Vorhang fällt.

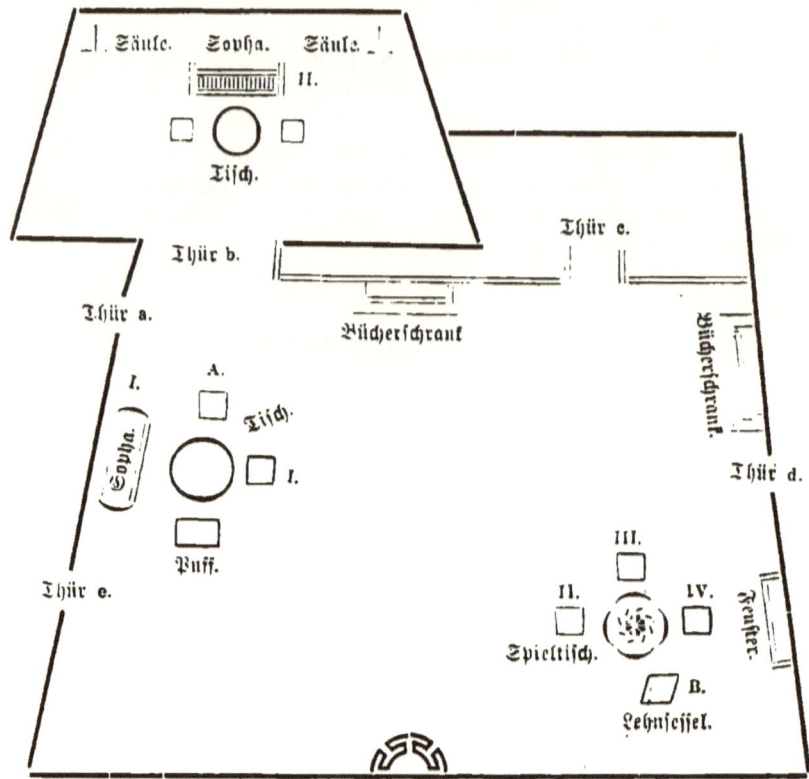

Bibliothekzimmer. Links vorne eine Tapetenthür (e), die zu Günthner führt. Auf derselben Seite hinten eine Thür (a), die in den Eßsaal führt. Rechts vorne ein Fenster. Weiter hinten eine Thür (d). Im Hintergrunde links eine breite offene Thür (b), durch die man das anstoßende kleine Zimmer erblickt. Im Hintergrunde rechts eine Flügelthür (c). An der Hinterwand zwischen den Thüren b und c ein großer Bücherschrank. Auf dem Sims desselben eine kleine Presse mit Spielkarten, ferner eine

3

Schale mit Spielmarken, ein Blatt Papier und ein Bleistift. Rechts hinten
an der Seitenwand ebenfalls ein großer Bücherschrank. Links an der
Wand zwischen den Thüren e und a ein großes bequemes Sopha (I)
mit hohen Lehnen. Davor ein ziemlich großer runder Tisch mit einem
Teppich. Auf dem Tisch eine mäßig große Mappe, ein Skizzenbuch mit
Bleistift, ein großes dolchartiges Papiermesser; ein Album, eine Glocke.
Hinter dem Tisch ein Lehnsessel (a), vorne ein Puff, rechts neben dem
Tisch ein Stuhl (I). Rechts vorn nahe dem Fenster ein Spieltisch mit
drei Stühlen, vor demselben ein wenig nach rechts ein Lehnsessel (b).
Auf dem Spieltisch eine Zeitung, ein Feuerzeug, eine Glocke und ein
Schachbrett, worauf einige Figuren stehen. Im Hintergrunde des an-
stoßenden kleinen Zimmers ein Sopha (II). Rechts und links je eine
Säule mit einer Büste. Vor dem Sopha ein kleiner runder Tisch
mit einem Stuhl rechts und einem Stuhl links. Auf dem Boden
ein Teppich.)

Erster Auftritt.

Flora, Naumann. Dann Knaus, Victor.

Flora (mit einer Platte, worauf alles zum Serviren von
schwarzem Kaffee Nöthige, durch die Thür c eintretend). Gott, ist das
ein reizender Mensch, dieser Graf! (Setzt Alles auf den großen
runden Tisch, richtet Alles her.)

Naumann (der ihr mit einem Wassergläserkorb gefolgt ist,
mürrisch). Das haben Sie in diesen zwei Tagen nun schon
23 Mal gesagt! Ich finde es gar nicht! (Setzt den Korb
auf den Spieltisch.)

Flora (im Declamationston). Männer können Männer
nicht beurtheilen! (mit pathetischer Geste) sagt die Gartenlaube.
(Naumann zuckt die Achseln, dann ab (Thür c).

Knaus (eine Serviette in der Hand, mit Victor aus dem
Eßsaal kommend (Thür a), im Eintreten, sehr laut). Es ist die
interessanteste Schachaufgabe, die ich je gesehen. (An den Spieltisch tretend, halblaut.) Das war nur ein Vorwand, um
endlich mit Ihnen ungestört und — unauffällig sprechen zu
können.

Victor. Wir können nicht genug vorsichtig sein!

Flora. Bitte, ich habe den Kaffee servirt.

Knaus (ungeduldig). Gut, gut. Da nehmen Sie! (Wirft
ihr die Serviette zu. Flora ab (Thür a). Sich nach links wendend).
Herr Graf, eine Tasse gefällig? (Victor nimmt eine Tasse Kaffee,
Knaus desgleichen; sie gehen vor.)

Zweiter Auftritt.

Knaus. Victor.

Knaus (vorne rechts, Victor steht links). Meine erste Aufgabe ist gelöst: sowohl mit Jenny, als mit Ella habe ich gesprochen.

Victor. Ah! Wie nahm Fräulein Jenny Ihre Mittheilung auf?

Knaus. Sie war überrascht und nicht gerade freudig —

Victor. Aha!

Knaus. Trotzdem bin ich recht besorgt. Dieses Experiment ist sehr gefährlich, zumal da Jenny gar so viel Mitleid für Felix fühlt.

Victor. Ich sorgte dafür, es zu neutralisiren.

Knaus. Wie das?

Victor (mit großem Eifer und Knaus immer beobachtend). Bemerkten Sie noch nicht, daß Felix gegen Fräulein Jenny ein wenig zurückhaltender, gegen Fräulein Ella jedoch — zuvorkommender geworden ist? Er thut dies auf meinen Rath, in der Hoffnung, Fräulein Jenny eifersüchtig zu machen.

Knaus (besorgt). Ja, aber —

Victor (immer eifriger, um Knaus zu überzeugen). Diese List, so alt sie ist, würde gewiß ihre Wirkung nicht verfehlen — wenn Jenny ein gewöhnliches Mädchen wäre.

Knaus. Das ist sie nicht.

Victor (immer eifriger). Sie ist stolz!

Knaus. Und wie stolz!

Victor. Sie hat Charakter —

Knaus. Und was für einen!

Victor. Und darum wird nicht Eifersucht in ihr erwachen, sondern —

Knaus. Sondern?

Victor. Verachtung. — Das leuchtet Ihnen doch ein?

Knaus. Vollkommen. (Auflachend). Sie sind schlau. (Wirft sich rechts auf den Lehnsessel B.)

Victor (verbeugt sich lächelnd, dann nach links gehend, bei Seite). Mehr als Du denkst! (Zurückkehrend, laut.) Nun zu Fräulein Ella. (Setzt sich auf Stuhl II.)

Knaus. Jawohl. — Zu Ella habe ich (lächelnd) Ihrer Instruction gemäß — nur die Bemerkung gemacht, daß sie so viel als möglich es vermeiden soll, mit Arthur zu sprechen.

Victor. Was sagte sie dazu?

Knaus. Sie fragte erstaunt nach der Ursache. (Seufzend.) Ja, was Ella betrifft, sind unsere Aussichten — sehr ungünstig! Sie findet Arthur — komisch!

Victor. Das thut nichts. Der Anfang ist gemacht. Wir haben die Neugier des Mädchens erweckt. Nun müssen wir eben — ihr den Zaubertrank einflößen; das heißt, sie muß dahin gebracht werden, Arthur interessant zu finden. Es gibt vor allen Dingen zwei Methoden oder Verfahren — ein weibliches Herz zu erobern. Numero Eins. Unverholenes, unermüdliches Bezeigen einer grenzenlosen Liebe, die sich eventuell bis zur wilden Leidenschaft steigert: — das heiße Verfahren.

Knaus. Das heiße Verfahren?

Victor. Numero Zwei. Unablässiges Kundgeben einer unerschütterlichen Gleichgültigkeit, die sich eventuell bis zur Geringschätzung steigert: — das kalte Verfahren.

Knaus. Das kalte Verfahren? — Na, und werden Sie Ella kalt oder warm behandeln?

Victor. Das weiß ich noch nicht. Vermuthlich kalt. Ich werde mir aber, um sicher zu gehen, von Fräulein Ella selbst den Weg angeben lassen. (Steht auf, geht ein paar Schritte nach links.)

Knaus (ihm folgend). Wie wollen Sie das anfangen?

Victor. Das weiß ich noch nicht. Noch Eins. Ihr Schwiegersohn. — Er pflegt ziemlich oft den Nachbar zu besuchen?

Knaus. Sie spielen Whist.

Victor. Ist vielleicht zufällig die Frau des Nachbars hübsch?

Knaus. Sehr hübsch, sehr hübsch.

Victor. Machen Sie hierüber eine Bemerkung zu Ihrer Frau Tochter.

Knaus (nickt und lächelt). Ich verstehe: um sie eifersüchtig zu machen. Die behandeln Sie also warm?

Victor. Heiß! — Geben Sie ihr ferner den Rath, sich viel mit Arthur zu beschäftigen.

Knaus (lachend). Aha! — Um ihn eifersüchtig zu machen! — Na, vielleicht wird doch wieder etwas Leben kommen in diese beiden Schlafmützen!

Dritter Auftritt.

Die Vorigen. Philippine. Jenny mit Arthur. Hinter ihnen Ella mit Felix. Günthner. Dann Raumann. Flora.

(Philippine sinkt sofort, nachdem sie eingetreten, links auf den Lehnsessel A und nimmt Kaffee. Arthur tritt an den Bücherschrank an der Hinterwand, mustert die Bücher. Felix nähert sich Victor, der rechts hinter dem Stuhl III steht.)

Günthner (eine Tasse Kaffee nehmend und damit nach rechts vorgehend). Ist die Schachpartie schon zu Ende?

Knaus (nach links gehend). Ja, ich bin schon matt! (Setzt sich auf das Sopha I, spricht eifrig mit Philippine. Günthner sinkt mit einem tiefen Seufzer auf den Lehnsessel B, nimmt eine Zeitung zur Hand. Victor reicht ihm das Cigarettentäschchen. Er nimmt eine Cigarette, legt das Täschchen auf den Spieltisch, zündet sich an einem brennenden Licht, das Raumann auf den Spieltisch setzt, die Cigarette an, bläst das Licht aus.)

Ella. War ich denn blind — (tritt vor, sieht Jenny an) dies nicht schon bei Tische bemerkt zu haben?

Jenny. Was willst Du?

Ella. Eine Rose im Haar! (Victor nimmt Felix unter den Arm, macht ihn aufmerksam.)

Jenny (verlegen). Trägst Du nicht auch eine?

Ella. Ja, ich! — ich bin ein kokettes Geschöpf!

Jenny (halblaut). Du bist unausstehlich! (Wendet ihr den Rücken, geht an den runden Tisch, nimmt eine Tasse Kaffee.

Ella (zu Victor). So nennt sie mich immer. Bin ich kokett? ich frage Sie Herr Graf.

Victor. Nicht im Geringsten.

Felix (sehr freundlich, mit einer Verbeugung). Nicht im Mindesten.

Ella (Felix messend). Sie habe ich nicht gefragt. Sie dürfen ja keine eigene Meinung haben. Ueberhaupt — sehen Sie nicht, daß Jenny Kaffee nimmt? Seien Sie ihr doch behilflich!

Jenny. Ella!

Ella (für sich). Sie ärgert sich; ich will sie noch hänseln. (Geht auf Jenny zu, die an der Thür b steht, spricht mit ihr.)

Als Manuscript gedruckt.

Victor (zu Felix). Was sagst Du zu der Rose im Haar?

Felix. Sie ist nicht von mir.

Victor. Gleichviel, aber es ist ein günstiges Symptom. Du weißt noch nicht, was sich zu deinen Gunsten ereignet hat. (Heiter.) Der Alte hat Jenny erklärt, daß er seinen Widerstand gegen deine Bewerbung aufgibt.

Felix. Victoria! Da will ich ja sogleich — (Will nach links.)

Victor (ihn festhaltend). Alles verderben? Geduld! Du mußt fortfahren, Ella den Hof zu machen. Jenny muß durch die Eifersucht zum Bewußtsein ihrer Liebe zu dir gebracht werden. Glaubst Du, daß sie sich sonst entschließen würde, ein solches Opfer von ihrem Vater anzunehmen? (Spricht leise und eifrig mit ihm weiter.)

Knaus (auf dem Sopha, zu Philippine). Hast Du mich verstanden, Philippine?

Philippine (die eben ein Stück Zucker in den Mund gesteckt hat). Ich halte — es nicht für möglich. — Wie oft — hat mir Theodor — diese Frau — als langweilig geschildert.

Knaus (mit einer Geberde und den Kopf wiegend). Liebe Philippine —!

Philippine. Du meinst, daß er — — ah, ich verstehe! (Lebhaft.) Gut! — ich will ihn auf die Probe stellen. Wenn Theodor aber — wirklich eifersüchtig wird?

Knaus. Ich fürchte sehr, daß dieser Fall nicht eintritt.

Philippine (gereizt). Das fürchtest Du? (Aufstehend.) Nun, wir wollen sehen! (Geht nach hinten, spricht lebhaft und kokett mit Arthur. Jenny setzt sich neben Knaus.)

Victor (macht Felix auf Günthner aufmerksam, der im Lehnsessel eingeschlummert ist und eben laut zu schnarchen beginnt). Der arbeitet schon wieder — an seiner Sägemühle! — Nun geh' auf deinen Posten! (Felix geht zu Ella, die sich im Nebenzimmer auf Sopha II gesetzt hat. Victor setzt sich neben Günthner auf Stuhl II.) Herr Günthner!

Günthner (erwacht, blickt verwirrt um sich). Wie meinen Sie?

Victor. Pardon, daß ich störe. Sie waren in Gedanken . . .

Günthner. Jawohl — ich grübelte über meine elektrische Nachtlampe — ah — Glühlampe. (Raucht.)

Victor. Aha, Sie schlossen die Augen, um besser zu sehen.

Günthner. Ja, ich sehe immer besser, wenn ich die Augen schließe ... geistig!

Victor (mit einem Blick nach Philippine, die hinten noch immer äußerst freundlich mit Arthur plaudert). Das gefällt mir von Ihrer Frau, daß sie sich des jungen Menschen annimmt.

Günthner (ohne hinzusehen). Thut sie das?

Victor. Sie unterhält sich sehr lebhaft mit ihm.

Günthner (sieht gelassen nach der Uhr). Wird nicht lange dauern. In zwei Minuten — macht sie ihr Mittagsschläfchen.

Philippine (die mit Arthur und eifrig das Wort an ihn richtend, vorgekommen ist, sehr laut). Von heute an mache ich täglich nach Tisch meine Promenade. Herr Arthur, wollen Sie mein Ritter sein? (Knaus beobachtet Günthner.)

Arthur. O meine Gnädige ...

Philippine. Ihren Arm, Herr Arthur.

Arthur (ganz verwirrt). Ich bitte ergebenst, welchen?

Philippine (nimmt seinen Arm). Einen von beiden. Kommen Sie. (Geht mit ihm ab, Thür c.)

Günthner (hat verwundert zugehört; ganz verdutzt nachblickend, gedehnt). Nein!

Victor (mit eigenthümlicher Betonung). Ja!

Günthner (stutzt, sieht Victor an). Wie? — (Da Victor sich den Schnurrbart dreht.) Ach, Sie sind komisch. (Lehnt sich zurück, raucht heftig.)

Victor. Habe ich etwas gesagt?

Günthner (gelassen). Eine Laune. Morgen — schläft sie wieder. (Steht auf.)

Victor (ironisch). Ah, auch eine Promenade —? (Steht auf.)

Günthner. Ich? — Fällt mir nicht ein! (Nachdrucksvoll, aber äußerst gelassen.) Zur Eifersucht habe ich — gar keine Anlage. (Nach links gehend.) Ich geh' grübeln — über meine elektrische —

Victor (ihm folgend). Nachtlampe?

Günthner. Glühlampe! (Ab, Thür e.)

Knaus (da Victor ihm ein Zeichen gibt, aufstehend). Lieber Felix, machen wir eine Partie Billard? (Geht nach hinten.)

Als Manuscript gedruckt.

Felix (durch die Thür b tretend). Fräulein Jenny führt exact wie immer die Rechnung?

Jenny Bedaure; ich habe zu thun. Ella ist noch viel exacter! (Geht nach rechts an den Bücherschrank. Victor stößt Felix heimlich in die Seite. Flora setzt alle Tassen auf die Platte, nur der Wassergläserkorb bleibt auf dem Spieltisch.)

Ella (vom Nebenzimmer hereinrufend). Ich zeichne.

Victor (Knaus einen Blick zuwerfend). Und ich — leiste Fräulein Ella Gesellschaft.

Knaus (im Vorbeigehen, leise). Ob kalt, ob warm? Na, ich wünsche viel Glück! (Drückt ihm heimlich die Hand. Mit Felix ab, Thür a. Victor geht nach der Thür b.)

Flora (findet die Cigarettentasche, läuft spornstreichs nach hinten, übergibt sie knixend Victor). Bitte, Herr Graf!

Victor. Ah, liebes Kind! (Will sie in die Wange kneipen, bemerkt Jenny, die rechts am Bücherschrank steht und sich umwendet. Kühl.) Ich danke Ihnen! (Tritt zu Ella ins Nebenzimmer.)

Vierter Auftritt.

Jenny. Flora. Dann Victor und Ella.

Jenny (streng). Was ist?

Flora (vorkommend). Der Herr Graf hatte das Cigarettentäschchen liegen lassen.

Jenny (ohne sie anzusehen). Sie sind allzu diensteifrig. (Nimmt die Mappe vom Tisch links.)

Flora. Fräulein ...

Jenny. Ich habe Sie schon mehrere Male beobachtet. Sie sind förmlich zudringlich.

Flora. Aber Fräulein, ich —

Jenny. Sie waren bisher ein sittsames, braves Mädchen —

Flora. Ich versichere Ihnen, Fräulein, der Herr Graf hat nicht den geringsten Scherz mehr gemacht. Er ist überhaupt, wenn er allein ist, so still und ernst ...

Jenny (hat mit Spannung zugehört, wirft einen raschen Blick auf sie). Ernst?

Flora. Und wie! So oft traf ich ihn schon allein am Fenster stehend, und da blickte er immer so traurig vor sich hin, so traurig! Ich glaube, Fräulein, trotz seiner Lustigkeit — daß er nicht glücklich ist ...

Jenny (theilnahmsvoll). Nicht glücklich? (Sieht einen Augenblick schweigend vor sich hin, blickt dann nach dem Nebenzimmer; streng.) Warum erzählen Sie mir das Alles? Sie wissen, daß ich das Schwatzen hasse. (Mit der Mappe ab nach rechts, Thür d.)

Flora (die Platte mit den Tassen nehmend). Na, na, na! (Schmunzelnd ab, Thür a.)

Fünfter Auftritt.
Victor. Ella.

Victor (noch in der Thür b). Sie wollen zeichnen? (Nimmt ihr das Skizzenbuch aus der Hand, blättert darin.)

Ella. Jawohl.

Victor (vorkommend, sieht ins Buch). Hatten Sie gestern nicht die Absicht, die Birne, die so wunderschön war, zu malen? (Beide gehen ganz vor. Ella steht rechts, Victor links.)

Ella. Gewiß, jedoch ich . . . (Nimmt ihm das Skizzenbuch ab.)

Victor. Sie verloren die Geduld?

Ella. Im Gegentheil, mit wahrem Feuereifer ging ich an die Arbeit. Ich rückte mir die Birne zurecht, so daß sie mir ihre schönste Seite zuwandte — prächtig schimmerte sie: ein herrliches Goldgelb und Roth; ich konnte mich kaum satt — sehen; und dann —

Victor. Und dann — ?

Ella. Hab' ich sie — gegessen.

Victor. Ah!

Ella. Ja, das ist so. Wenn man einen Gegenstand oft und gründlich ansieht, ihn studirt — kommt er Einem immer schöner und schöner vor. Mit einem Wort: man verliebt sich leicht in sein Modell. (Geht einen Schritt nach hinten.)

Victor. Ah? — Auch wenn es ein Kopf von Gips ist?

Ella. O ja!

Victor. Aber den — ißt man nicht.

Ella (lächelnd). Nein. (Geht nach hinten, setzt sich auf Lehnsessel A, nimmt das dolchartige Papiermesser vom Tisch, spitzt den Bleistift.)

Victor (bei Seite, während er nach links geht). Jetzt versuch' ich's. (Geht zwischen Sopha I und Tisch hindurch, sieht stehend Ella zeichnen zu, scherzend.) Das ist ein Baum — und das ist ein Haus?

Als Manuscript gedruckt.

Ella (lächelnd). Das ist ein Haus — und das ist ein Baum. Es ist ja noch nicht fertig.

Victor (setzt sich nahe von Ella auf Sopha I; mit Nachdruck, laut). Eins geht daraus hervor. (Lauernd.) Um Ihnen zu gefallen, müßte man bemüht sein — Ihnen immer die schönste Seite zuzukehren.

Ella (eifrig zeichnend). O, ganz und gar nicht. Merke ich, daß Jemand sich Mühe gibt, mir zu gefallen, so erzielt er grade die entgegengesetzte Wirkung. (Zeichnet eifrig.)

Victor. So. (Bei Seite.) Also — kalt!

Ella (nachdem sie ihn eine Weile angesehen). Herr Graf — ist Ihre Gemahlin blond?

Victor (sehr überrascht). Meine — — Gemahlin? Ja, wie kommen Sie darauf?

Ella. Blond? (Victor verbeugt sich nickend, macht: „Hm!") Blauäugig? (Victor wie zuvor.) Nicht groß . . .

Victor (wie zuvor). Hm! — Es ist merkwürdig, wie geschickt Sie rathen.

Ella. Sie haben Kinder.

Victor (betreten). Ah? (Lächelnd.) Sieht man mir das an?

Ella. Sie haben sogar — nicht wenig. (Ihn beobachtend, halblaut.) Drei — (Victor bewegt verneinend den Kopf, macht: „Hm") vier — (Victor wie zuvor) fünf — (Victor macht eine Bewegung, ruft, sich ganz überrascht stellend: „Fünf!". Ella triumphirend.) Fünf — nicht wahr?

Victor. Fünf Kinder und eine blonde, kleine Frau! (Bei Seite.) Wie rasch ich dazu kam!

Ella. Nicht wahr, Sie staunen?

Victor. Sehr! — Wie stellen Sie das an?

Ella (mit dem Papiermesser spielend). Ja, das ist sonderbar. Ich sehe Jemandem fest ins Gesicht und was mir da einfällt, ohne daß ich nachdenke, das erweist sich später meistens als richtig.

Victor (hastig von Ella weg in die andere Ecke des Sophas rückend). Ich fürchte mich vor Ihnen. — — Noch eine kleine Probe. (Steht auf, bleibt links neben Ella stehen.) Sie halten Arthur für einen ruhigen, zufriedenen Menschen, nicht wahr?

Ella (nachdem sie ihn lauernd angesehen, pfiffig). O — nein.

Victor. Ich staune. Aber Sie glauben doch gewiß nicht, daß er sich — (ans Herz klopfend) unglücklich fühlt.

Ella. O — ja.

Victor. Und . . . weshalb?

Ella (zögernd und das Papiermesser erfassend). Eine . . . Liebe?!

Victor Das ist bewunderungswürdig. — (Plötzlich.) Was ahnen Sie sonst noch?

Ella. Ich habe ihn noch zu wenig angesehen. Aber (gespannt) ich bitte Sie, Sie müssen mir erzählen —

Victor (hinten um sie herumgehend). Verlangen Sie das nicht! Die Geschichte ist zu traurig. — (Rechts neben Ella, mit komischem Pathos.) Ein Mädchen zu lieben mit der vollen Gluth der ersten Liebe, mit voller Hingebung! Gegenliebe zu finden! — und eines Tages schmählich von ihr verlassen zu werden, schnöden Mammons halber — das ist sehr hart!

Ella. Es ist schändlich!

Victor (wie oben). So etwas zermalmt ein armes Menschenherz.

Ella. Der arme junge Mann!

Victor. Ich begreife, daß er das ganze weibliche Geschlecht — geringschätzt. Nur geht er darin zu weit.

Ella. Zu weit?

Victor. Derart verblendet ihn sein Groll, daß er selbst angesichts der verkörperten Schönheit und Anmuth mit einer spöttischen Bemerkung die Achseln zuckt.

Ella (springt, das Messer zückend, auf). Wie nannte er mich?

Victor (lächelnd, nach rechts zurückweichend). Wieso ver= muthen Sie denn, daß ich von Ihnen spreche?

Ella (halb verlegen, halb zornig, während sie nach rechts vorläuft). Ach, ich bitte Sie! Nun ja — ich — ich — ich weiß, daß ich schön bin. Man hat mir's oft genug gesagt. (Geht nach rechts.)

Victor (beschwichtigend, er steht links, nähert sich ihr). Und man hat nicht ganz Unrecht gehabt.

Ella (knapp an ihn herantretend). Sie müssen mir sagen, Herr Graf —

Victor. Ich muß?

Ella (aufstampfend und sich mit der flachen Klinge auf die Hand klopfend). Ich will es.

Victor. Streng muß es zugegangen sein im Pen= sionat! (Da sie erzürnt den Kopf zurückwirft.) O, ich meine nicht, daß die Lehrer mit Ihnen streng waren, aber Sie waren gewiß streng mit den Lehrern.

Ella (ungeduldig). Nun, Herr Graf! — Was sagte er?

Victor. Sie versprechen mir aber, ruhig zu bleiben?

Ella (heftig mit dem Messer fuchtelnd). Wie ein Lamm.

Victor (Sucht ihre Hand zu erhaschen). Wie ein Lamm? Schön! (Faßt ihren Arm.) Erlauben Sie! (Nimmt ihr das Messer weg, legt es auf den runden Tisch; zögernd.) Er nannte Sie — ja es ist schwer — eine nette kleine Puppe.

Ella (außer sich). Was? Eine kleine Puppe! — Ah! —

Victor. Eine nette kleine Puppe.

Ella (auf- und ablaufend). Ach, nett oder nicht nett! Das ändert an der Sache nichts.

Victor (ihr folgend). Sie versprachen mir, ruhig zu bleiben, wie ein Lamm.

Ella (nimmt das Messer vom Tisch). Sie sehen ja, ich lache. (Sich zum Lachen zwingend.) Muß man denn nicht lachen?

Victor (ihr das Messer behutsam entwindend). Aber ohne Messer, bitte! (Legt es wieder auf den Tisch.) Nein! — Ich ärgere mich eigentlich über den jungen Menschen. Es ist doch eine Keckheit, sich so wegwerfend auszudrücken.

Ella. Es ist eine Frechheit! (Sie steht links vorne, Victor rechts neben ihr.)

Victor. Wenn ich an Ihrer Stelle wäre — ich strafte ihn empfindlich dafür. Auf den Knieen sollte er vor mir liegen und um ein freundliches Wort betteln!

Ella. Ja, ja! Ich aber sagte kalt: stehen Sie auf, mein Herr. — Ach, wäre das eine Genugthuung!

Victor. Sie kann Ihnen werden, wenn — wenn Sie befolgen, was ich Ihnen rathe.

Ella (stürmisch bittend). Ja, ach ja! Nicht wahr, Sie stehen mir bei, Herr Graf!

Victor (ihr die Hand reichend). Mit Vergnügen!

Ella (freudig erregt seine Hand ergreifend). Ach, Sie sind ein so guter Mensch!

Victor. Ich versuche, es zu werden. Zunächst also, haben Sie nichts zu thun, als freundlich mit Arthur zu sein.

Ella. Freundlich?

Victor. Es muß der Wahn in ihm geweckt werden, daß Sie sich lebhaft für ihn — sehr lebhaft — interessiren.

Ella. Aha!

Victor. Ja, und was Felix betrifft — seien Sie auch gegen ihn ein wenig aufmerksamer. Das stachelt Arthur auf, das weckt seine Eifersucht.

Ella. Ich will mir alle Mühe geben.

Victor. Sie haben mich verstanden, nicht wahr? Ich eile, um Ihnen den Weg zu ebnen und zu sehen, ob der Postbote mir etwas mitgebracht hat. (Zieht sich zurück.)

Ella. Aha, einen Brief von Ihrer Frau.

Victor. Und meinen Kindern. Sie schreiben mir jeden dritten Tag.

Ella. Alle fünf?

Victor. Alle sechs.

Ella. Sie sind wirklich ein guter Mensch!

Victor. Ich versuche, es zu werden.

Ella. Ich möchte Sie wohl einmal im Kreise all' Ihrer Lieben sehen.

Victor (komisch erstaunt, mit durchbrechender Heiterkeit). Im Kreise all' meiner Lieben?! (Halb für sich.) Ja, das wäre allerdings — recht gemüthlich —! Na, vielleicht, daß einmal — (Sich verbeugend.) Mein Fräulein — (Geht hinten nach links.) Die ist erledigt! (Rasch ab, Thür a.)

Sechster Auftritt.

Ella. Dann Felix.

Ella (geht nach links vor. Nach kurzer Pause). Ein prächtiger Vater! — — Also mit Arthur soll ich freundlich und liebenswürdig sein? Na, meinetwegen. Und — gegen Felix — gegen Felix aufmerksamer? (Rasch.) Das ist mir sehr unan— (sieht vor sich hin) nun ja — unangenehm! (Setzt sich vorne auf das Sopha I, zieht den Tisch zu sich heran.) Wie leicht könnte Felix sich einbilden, daß er mir — nicht gleichgültig ist! Das wäre ja schrecklich! (Felix kommt Thür a, sie beginnt eifrig zu zeichnen.)

Als Manuscript gedruckt.

Felix (blickt umher, für sich). Jenny noch nicht hier? (Rechts vorkommend, für sich.) Schon wieder die Kleine da!

Ella. Da ist er, der unausstehliche Mensch!

Felix. Am liebsten ginge ich gleich wieder fort. Aber ich soll ihr ja den Hof machen — so will es Victor. (Seufzend.) Sehr, sehr unangenehm. Na, in Gottesnamen! (Stützt sich rechts neben Ella mit beiden Händen auf den Tisch. Sehr freundlich.) Sie zeichnen, Fräulein Ella?

Ella (ihn anfahrend). Wie Sie sehen!

Felix (zurückweichend). Entschuldigen Sie, daß ich Sie gestört habe. (Nach rechts gehend.) Sie ist unausstehlich!

Ella (bei Seite). Ach Gott, ich glaube, ich war nicht sehr freundlich. (Aeußerst liebenswürdig.) O bitte, bitte, Herr Rittmeister, Sie stören mich gar nicht. (Sieht freundlich zu ihm hinüber.)

Felix (sieht sie an, bei Seite). Ich glaube, die will mich foppen? Gleichviel, was liegt mir daran. (Nimmt aus dem Schrank rechts ein Buch; vorkommend.) Ein nicht übles Lärvchen, ein nicht übles Figürchen hat sie - (sieht sich nach ihr um) nun ja (da sie hersieht, sich rasch abwendend, zornig) das ist aber auch Alles! Im Uebrigen jedoch — (Setzt sich rechts vorn auf Stuhl II.) Na, wer die einmal heirathet — den bedaure ich! (Liest, sieht aber von Zeit zu Zeit nach Ella.)

Ella (zeichnet emsig in dem Skizzenbuch, blickt immer wieder nach Felix. Für sich, leise). Er sieht fortwährend nach mir her. (Zeichnet emsig. Sie stützt nach einer Weile den Kopf in die Hand, blickt durch die Finger nach ihm.) Schon wieder! (Fährt fort zu zeichnen, blickt dann wieder nach ihm; er bemerkt es, wendet sich nach links, blättert um, bemüht sich, zu zeigen, daß er sehr eifrig liest. Ella den Bleistift mit dem Messer spitzend, nachdenklich.) Wieder sah er her! Das pflegte er nie zu thun. Dazu kommt, daß auch sein Benehmen gegen mich ein anderes, ein ganz anderes ist, als sonst ... Sollte er vielleicht gar —? (Drückt die Hand an die Brust.) O! — wenn ich mir nur darüber Gewißheit verschaffen könnte! — — Wie wär's, wenn ichs anstellte, wie Nelly in der Tanzstunde? Ja, ja, ich verliere meine Schleife. Gibt er sie mir nicht, behält er sie — — o, wäre das ein Triumph! (Blickt nach Felix, der ihr den Rücken zuwendet, lockert die Schleife am Zopfe, steht auf, schlägt das Skizzenbuch zu. Laut.) Genug für heute. (Hinten nach rechts gehend, zu Felix.) Mich wundert, daß Jenny noch nicht da ist. (Tritt ans Fenster, summt ein Liedchen; schüttelt den Kopf. Bei Seite.) Willst Du nicht fallen? (Geht summend ganz vor, dann nach links, bleibt einige Schritte vor Felix, der das Gesicht nach rechts gewendet läßt, stehen. Summend.) So fall' doch! (Zupft heimlich an der Schleife, sie fällt zu Boden.) So, da liegt sie. (Läuft, ein Liedchen summend, nach hinten. Sich auf die Lehne des Stuhles III stützend, sehr freundlich.) Ach, Sie lesen? Ich bitte tausendmal um Entschuldigung. (Läuft rasch ab nach rechts, Thür d.)

Felix (wendet erst jetzt den Kopf nach links, bemerkt die Schleife). Fräulein Ella! (Springt auf, hebt die Schleife auf, eilt Ella bis an die Thür nach.) Sie hört nicht. (Besieht die Schleife, wendet sie hin und her.) Ein zartes Blau! — — Und paßt vortrefflich zu ihrem zierlichen Köpfchen. — Da leg' ich sie hin. (Geht nach links an den runden Tisch, will die Schleife hinlegen, läßt sie aber nicht los. Sie aufmerksam betrachtend.) Eine schöne Farbe! — Wirklich — wunderschön! (Legt das Buch auf den Tisch), bleibt stehen, nimmt die Schleife zögernd von einer Hand in die andere, nähert sie dem Gesicht.) Ein lieblicher Duft! (Legt die Schleife auf die flache Hand, streichelt sie mit den Fingerspitzen.) Das wäre ein unschätz= barer Fund für — für — nun ja, für einen Verliebten ... (Nähert die Schleife wieder dem Gesicht, drückt plötzlich einen Kuß darauf; man hört Jennys Stimme hinter der Scene. Er fährt erschrocken zu= sammen.) Bin ich verrückt?! (Sieht sich rasch um; erregt.) Weg, weg damit! (Legt sie rasch links auf den Tisch, nimmt sein Buch.) Wahrhaftig, ich muß mich schämen! Wenn jetzt Jenny käme —! (Tritt hinter den Lehnsessel A.)

Siebenter Auftritt.

Felix. Ella. Jenny.

Ella (von rechts, im Eintreten). Wieso kommt's, daß Du heute nicht liest? (Eilt rasch zu dem Stuhl II, blickt forschend nach der Stelle auf der Erde, wo die Schleife lag, und umher.)

Jenny (hinter ihr eintretend). Ich hatte zu thun. (Geht nach links an den Tisch, legt die Mappe, die sie zurückbringt, auf den= selben, die Schleife, ohne sie zu sehen, damit bedeckend.)

Felix. Darf man fragen, welches Muster Sie gewählt haben?

Jenny (kalt). Ich sag's Niemand. Papa soll über= rascht werden. (Geht nach rechts an die Bibliothek; Felix sieht ihr betroffen nach, folgt ihr einen Schritt.)

Ella (außer sich vor freudiger Erregung). Die Schleife ist fort! — Ob er sie mir gibt? (Preßt die Hand ans Herz.) Ich bin so gespannt! (Geht nach links, wendet sich zum Tisch, hustet; Felix beobachtet fortwährend Jenny. Ella hustet lauter.) Erlauben Sie, Herr Rittmeister —?

Felix (verwirrt, immer Jenny beobachtend). Bitte?

Ella (ihn erwartungsvoll ansehend). Ich suche ... ich suche

Felix (wie zuvor). Was, mein Fräulein?

Ella (ihr Stizzenbuch vom Tisch nehmend und ihm heimlich mit dem Zeigefinger drohend; er bemerkt es nicht, da er sich Jenny zögernd nähert). Mein Stizzenbuch! (Sie drückt stürmisch ihr Stizzenbuch an die Brust.) Er fand die Schleife und behält sie! Triumph! Tänzelt, das Buch schlenkernd und summend, zwischen Felix und Jenny, die von der Bibliothek ein Buch genommen hat und gegen die Thür d geht, hindurch. Ab, Thür e. Sie reißt im Abgehen beide Flügel der Thür auf und läßt sie offen stehen.)

Felix (schüchtern). Fräulein Jenny — lesen Sie nicht hier?

Jenny. Auf meinem Zimmer; dort bin ich ungestört. (Ab nach rechts, Thür d.)

Felix (ihr nachblickend). Jenny ist ernstlich böse. Nach Victors Theorie ist dies ein günstiges Symptom. Die Verschlimmerung, die der Heilung vorangeht, nennt er's. (Seufzend.) Ach! (Verdrießlich.) Ich bin in einer Stimmung ... fürwahr -! Und — und — den Unsinn, den ich vorhin mit der Schleife begangen habe. Wenn Ella dies erführe! Was würde diese Person sich einbilden. (Schickt sich an, nach links, Thür a, abzugehen.)

Achter Auftritt.

Felix. Günthner.

Günthner (von links, Thür e). Herr Rittmeister — sahen Sie — meine Frau nicht?

Felix. Ich sah sie nicht, seit sie mit Arthur wegging.

Günthner (links vorn stehen bleibend). Entschuldigen Sie. Wird heute nicht musicirt?

Felix. Ich denke, daß ein größerer Spaziergang unternommen wird.

Günthner (die Hände in die Hosentaschen steckend). Ich geh' nicht mit, das weiß ich!

Felix. Da kommt Ihre Frau. (Ab nach links, Thür a.)

Neunter Auftritt.

Günthner. Philippine. Arthur.

Philippine (am Arme Arthurs durch die offenstehende Thür c. Sie schließen die Thür nach dem Eintreten. Philippine sieht sehr gelangweilt aus. Da sie Günthner erblickt, nimmt sie eine heitere Miene an. Arthurs Arm verlassend und sehr freundlich lächelnd). Ich danke Ihnen herzlichst, lieber Herr Arthur. (Geht rechts vor an den Spieltisch, trinkt ein Glas Wasser.)

Arthur (steht links, drückt seinen Hut an die Brust; sich tief verneigend). Meine Gnädige . . .

Günthner (bei Seite). Lieber Herr Arthur! Nur ruhig! (Laut.) Da bist Du ja endlich?

Philippine (sich sehr lebhaft und elastisch bewegend und hin= und hergehend). Endlich? Unser Spaziergang hat kaum ein Viertelstündchen gedauert.

Günthner. So. (Bei Seite.) Nur ruhig! Wegen eines so grünen Jungen —! (Laut.) Wußtest Du, daß heute noch ein größerer Spaziergang gemacht wird?

Philippine. Gewiß.

Arthur. Um vier Uhr — ich bitte ergebenst. (Verneigt sich tief gegen Günthner.)

Günthner (sich ebenfalls tief gegen Arthur verneigend). Um vier Uhr — ich danke ergebenst. (Zu Philippine, sich gleich= gültig stellend.) Mich freut's, daß Du dich wieder kräftiger fühlst. Die Bewegung wird dir gut thun.

Philippine (wie oben). O ja. — Ich nehme mir vor, sehr viel zu gehen von heute an. Ich werde sonst zu stark.

Günthner (an dem runden Tische links, bei Seite). Neulich beim Frühstück war sie abgemagert. (Laut.) Du hast ganz Recht.

Philippine (zu Arthur, der in der Mitte der Bühne steht; sie steht vorne rechts). Ich bin aber noch nicht zu stark, nicht wahr?

Arthur (die Augen zu Boden schlagend). O, ich bitte er= gebenst, meine Gnädige. (Günthner hebt wiederholt das Album auf und schlägt es heftig auf den Tisch nieder.)

Philippine. Was suchst Du denn?

Günthner (bei Seite). Nur ruhig! (Laut und zornig.) Ein Buch! (Geht nach hinten an den Bücherschrank.)

Philippine. Ah?

Arthur (sich Günthner von rechts nähernd). Darf ich Ihnen suchen helfen?

Günthner (ihn anfahrend). Ich danke! (Bei Seite.) Nur ruhig! (Sich verbessernd, freundlich.) Ich danke Ihnen, lieber Arthur. (Ergreift ein großes schweres Buch, nimmt es unter den Arm, geht nach links vor.)

Philippine (lachend). Wozu brauchst Du das dicke Buch?

Günthner. Wozu? Komische Frage. Zur Arbeit!

Philippine. Du arbeitest?

Günthner. Philippine!

Arthur. Wann wird mir die Auszeichnung zu Theil werden, mit Ihnen gemeinsam zu arbeiten?

Günthner (barsch). Wann!? (Arthur tritt einen Schritt zurück. Bei Seite.) Nur ruhig! (Laut und mit erzwungener Liebenswürdigkeit.) Ich denke morgen, mein lieber Arthur.

Arthur. Ich freue mich unendlich.

Günthner. Und ich erst! — Philippine, komm'!

Philippine. Auf Wiedersehen, lieber Herr Arthur! (Geht nach links.)

Arthur (sich rechts tief verneigend). Meine Gnädige . . .

Günthner (zwischen Beiden stehend, bei Seite). Diese Weiber! (Grinsend.) Auf Wiedersehen, mein guter Arthur!

Philippine (an der Thür e; bei Seite und verstohlen lachend). Und Der würde nicht eifersüchtig werden — fürchtete Papa! (Laut und mit der Hand grüßend). Auf Wiedersehen, mein lieber Herr Arthur!

Günthner (rauh). Geh' hinein! (Drängt sie hinein, schließt die Thür e. Arthur geht nach der Thür c.)

Zehnter Auftritt.

Arthur. Victor. Später Flora.

Victor (von links, Thür a). Ah, da ist er! Wohin, junger Freund? Wohin? (Ihn auf die Achsel schlagend.) Sie fangen ja an sich zu bessern. Bis jetzt gingen Sie spazieren mit Frau Philippine? (Geht mit ihm links vor, setzt sich auf Stuhl I, Arthur auf den Puff.)

Arthur. Je nun — wir saßen auf der Bank unter der großen Platane. (Er behält während der ganzen Scene den Hut in der Hand.)

Victor. Plauderten Sie viel?

Arthur. Je nun — es war schrecklich heiß dort.

Victor. Sagten Sie ihr das?

Arthur. Jawohl.

Victor. Das war ohne Zweifel ein sehr interessanter Anfang.

Arthur. Dann las ich ihr vor, aber nicht lange.

Victor. Warum denn nicht?

Arthur. Weil die gnädige Frau — einschlief.

Victor. Ah? Und Sie?

Arthur. Ich blieb sitzen, bis sie aufwachte; dann führte sie mich — nein — dann führte i ch sie wieder herauf.

Victor. Mein lieber Arthur, erzählen Sie das ja Niemand. — Wissen Sie, was Schuld daran war? Ihre Schüchternheit. Mit der Schüchternheit ist's wie — (ihn am Rock zupfend) wie mit einem plumpen Kleidungsstück, das Den, der es trägt — und wenn er den zierlichsten Wuchs hätte — unbeholfen und mißgestaltet erscheinen läßt. — (flüchtig einschaltend.) Wer um jeden Preis einen Witz machen wollte — der könnte sogar nachweisen, daß zwischen Schüchternheit und Kleidung ein Kausalnexus besteht, zumal bei den Damen: je weniger schüchtern, je weniger ... aber kehren wir zu Ihrem Rock zurück.

Arthur (lächelnd). Das heißt: zu meiner Schüchternheit? (Zaghaft.) Ja, wenn man die Schüchternheit so leicht ablegen könnte wie einen Rock, das wäre freilich gut. Aber sie ist wohl ein unveräußerlicher Theil unseres Ich, das man vielleicht verbergen lernen, jedoch nie im Leben los werden kann.

Victor. Ah was — die Schüchternheit ist Ihnen nicht angeboren, sondern anerzogen. Heißt's nicht sogar in der Schrift, man solle sein Licht nicht unter den Scheffel stellen?

Arthur. Jawohl, Markus, viertes Capitel, und Matthäus, fünftes Capitel —

Victor. Beide sagen es?

Arthur. Auch bei Lukas findet sich eine ähnliche Stelle.

Victor. So? Nun, wenn es gar dreimal gesagt wird, muß es ja wahr sein. Mit Ihrer Jugend, Ihren Vorzügen und Kenntnissen haben Sie ein Recht, Ansprüche ans Leben zu stellen.

Arthur. Ach, meine Ansprüche sind so bescheiden. (Flora kommt aus dem Eßsaal, Thür a, will nach rechts.)

Victor. Das eben ist Ihr Fehler! — Ah, Flora! (Zieht seine Cigarettentasche hervor.) Ich bitte Sie um Feuer. (Zu Arthur.) Zu plaudern, ohne zu rauchen, erscheint mir, als ob ich essen müßte, ohne zu trinken.

Flora (holt rasch Zündhölzchen vom Spieltisch). Ich bitte, Herr Graf. (Reicht ihm ein brennendes Zündhölzchen. Sie steht rechts, Arthur links, Victor in der Mitte.)

Victor (die Cigarette anzündend, ohne das Hölzchen zu nehmen). Ein talentvolles Mädchen! — Liebe Flora, geben Sie auch meinem jungen Freunde Feuer.

Arthur. O, Herr Graf —

Victor. Sie müssen einmal den Versuch machen! Hier haben Sie eine Cigarette.

Arthur (nimmt zögernd die Cigarette). Ich habe noch nie — (Nimmt das von Flora angebotene brennende Hölzchen, hält es an die Cigarette, sieht so lange Flora an, bis er sich die Finger verbrennt, er läßt das Hölzchen fallen. Victor tritt darauf).

Flora (reicht ihm ein zweites Hölzchen, an dem er ungeschickt die Cigarette anzündet.) Ich bitte, brennt sie?

Arthur (noch immer anbrennend). Ich glaube. (Beginnt ungeschickt zu rauchen.)

Victor. Was suchen Sie denn immer am Boden?

Arthur. Ha! — Ich?

Victor. Sie halten es doch nicht für eine Sünde, ein hübsches Mädchen anzusehen?

Arthur. O, ich —

Flora (knixend). Der Herr Graf sind zu gütig. (Arthur sieht ihr mit wachsendem Interesse ins Gesicht; sie lächelt, er lächelt gleichfalls.)

Flora (knixt und sieht dem Grafen, dabei den Kopf affectirt bewegend, ins Gesicht). Befehlen der Herr Graf sonst noch etwas?

Victor (ihr Alles nachahmend). Befehlen der Herr Graf sonst noch etwas? (Faßt sie am Kinn, küßt sie plötzlich auf die Wange.)

Flora (erschrocken). Aber, Herr Graf! (Eilt, sich an der Thür noch umsehend, ab, Thür c.)

Arthur (hat ganz verwundert zugesehen. Nach einer Pause). Kann man denn das?

Victor. Was?

Arthur (sieht nach der Thür c, lacht verschämt, küßt sich auf die Fingerspitzen).

Victor (lachend). Ach so! Ja, das kann man!

Arthur. Das Mädchen ist ganz niedlich!

Victor. Und das entdecken Sie erst jetzt? Man hat die Augen — um zu sehen. Steht das nicht auch in der Schrift?

Arthur (schüttelt den Kopf). Es heißt: Augen haben sie und sehen nicht.

Victor. Na also! Die einzige Lebensweisheit besteht darin, frisch zuzugreifen, wo es uns gegönnt ist. Dies sagt Ihnen ein Mann, der viel zugegriffen (sich verbessernd) erfahren hat und der es ehrlich mit Ihnen meint.

Arthur. Ich bin gerührt über Ihre Theil= nahme.

Victor. Sie haben Herz, Sie haben Geist.

Arthur (reicht ihm die Hand, drückt sie ihm). Ich danke Ihnen vielmals. (Zieht die Hand wieder zurück.)

Victor. Freilich haben Sie noch wenig davon merken lassen.

Arthur. Ich danke Ihnen vielmals. (Wie oben. Nach kleiner Pause.) Ah, Herr Graf —?

Victor. Darum fort mit der Schüchternheit! Den Kopf empor, heben Sie 'mal den Kopf empor! (Arthur thut es.) Keck in die Welt geblickt mit Muth und Selbstbewußtsein! Haben Sie doch Grund dazu wie sobald nicht Einer: alle Herzen fliegen Ihnen zu, sogar das stolze Fräulein Ella schwärmt für Sie!

Arthur (mit der Hand durchs Haar fahrend). Fräulein Ella schwärmt für mich?

Victor. Gefällt sie Ihnen?

Arthur (mit einem Mal ganz lebhaft). O, sie ist reizend!

Victor. Das haben Sie doch schon bemerkt?

Arthur. O ja!

Victor (ihn am Ohr fassend). Duckmäuser Sie! — Liegt Ihnen daran, daß der günstige Eindruck, den Sie gemacht, nicht verwischt werde?

Arthur. O sehr!

Victor. Dann lassen Sie Ella bei Leibe nicht merken, daß sie Ihnen gefällt. Je kühler sie ihr begegnen, je wärmer wird Ellas Interesse für Sie werden!

Arthur. Ich danke Ihnen, Herr Graf.

Als Manuscript gedruckt.

Victor. Und heute Abend fahren wir mit dem
Eilzug heimlich nach der Stadt. Mein Schneider und mein
Friseur — lechzen förmlich nach Ihnen. Passen Sie auf,
was für einen Pariser Adonis die aus Ihnen machen
werden!

Elfter Auftritt.

**Die Vorigen. Knaus. Dann Jenny. Ella. Felix. Philippine.
Später Günthner.**

Knaus (den Hut auf dem Kopf, durch die Thür c eintretend).
Ein Viertel auf fünf schon! (Nach rechts vorgehend.) Diese
Frauenzimmer! (Setzt seinen Hut auf den Spieltisch.)

Arthur (mit Haltung und ganz lebhaft). Ich muß die
Damen in Schutz nehmen, (seine Uhr hervorziehend) es ist
noch nicht vier Uhr. Ich werde mir erlauben, Frau
Günthner zu mahnen. (Geht an die Thür e, klopft energisch.)

Knaus (ist überrascht einen Schritt zurückgetreten, sieht Arthur
erstaunt an. Mit einem fragenden Blick auf Victor, der rechts neben ihm
steht). Sieh da, welche Veränderung!

Victor. Er fängt schon an, lebendig zu werden!

Knaus (leise). Und hat auch schon Ella ihren
Zaubertrank bekommen?

Victor. Gewiß! (Philippine tritt links, Thür e, ein; Jenny,
Ella und Felix von links, Thür a, Alle mit Hüten und Sonnenschirmen.)
Und wir wollen sogleich erproben, ob schon eine Wirkung zu
bemerken ist. (Laut.) Ich mache den Vorschlag, daß jede
Dame selbst ihren Begleiter wählt.

Philippine (links vorn stehend, Arthur steht neben ihr).
Ganz recht. (Wendet sich zu Arthur. Günthner, den Hut auf dem
Kopfe, eine große Rolle in der Hand, tritt links, Thür e, ein, bleibt
an der Thür stehen.)

Ella. Ich wähle mir — (Knaus horcht gespannt) Herrn
Arthur. (Victor sieht Knaus bedeutungsvoll an, streckt den Zeigefinger
aus. Knaus drückt mimisch seine freudige Ueberraschung aus.)

Philippine. Ist bereits versagt!

Arthur (mit erkünstelter Frostigkeit). Jawohl, mein
Fräulein!

Ella. Wieso denn?

Philippine (hat Günthner bemerkt; nimmt Arthurs rechten
Arm. Sehr eifrig). Ich habe schon vor einer Stunde mit Herrn
Arthur abgemacht —

Ella (Arthurs linken Arm nehmend, sehr heftig). Jetzt war die Wahl, nicht vor einer Stunde. Das Recht ist auf meiner Seite. (Zieht Arthur mit Gewalt nach rechts. Philippine läßt ihn nicht los.) Herr Arthur, kommen Sie.

Arthur (zu Philippine). Meine Gnädige . . .

Knaus (ganz überrascht zu Victor — Beide wie zuvor —). Graf!!

Günthner (nach rechts tretend, zu Philippine). Du wirst so freundlich sein, mit meiner Begleitung vorlieb zu nehmen. (Victor macht Knaus aufmerksam.)

Philippine. Ich danke bestens. (Läßt Arthur los, der mit Ella abgeht, Thür c.)

Günthner (scharf). Ich wünsche es. (Spricht leise energisch mit ihr.)

Victor (zu Knaus). Fragen Sie Fräulein Jenny!

Knaus (der sich schmunzelnd die Hände gerieben, zu Jenny, die hinten in der Mitte der Bühne neben Felix steht). Na, Jenny, wählst Du nicht Felix?

Jenny. Felix? — (Frostig.) Ich zieh' es vor — allein zu gehen. (Ab, Thür c.)

Felix (vor sich hin). Sie ist schon eifersüchtig! Victor hat ganz Recht. (Folgt Jenny.)

Günthner (Knaus schwungvoll die Rolle überreichend). Schwiegerpapa! Der Bauplan — zur Sägemühle! (Nimmt Philippine, die sich sträubt, an seinen Arm.) Komm! (Ab mit ihr, Thür c.)

Knaus (starr vor Staunen). Der Plan? — Die Säge= mühle?! (Er faßt Victor, der ihm den Hut reicht, mit beiden Armen um die Mitte, zieht ihn an sich.) Sie sind ein Hexenmeister! (Will Victor, der sich sträubt, küssen.)

Der Vorhang fällt.

Als Manuscript gedruckt.

Dritter Aufzug.

(Dieselbe Decoration wie im zweiten Aufzug.)

Erster Auftritt.

Jenny. Dann Flora.

Jenny (hinten an der Bibliothek). Von hier nahm der Graf das Buch, das ist gewiß. Welches fehlt denn? So gern möchte ich das wissen! (Durchmustert die Bücher eifrig.)

Flora (durch die Thür c hereineilend; verbirgt etwas unter der Schürze). Fräulein — jetzt kann ich Ihnen genau Auskunft geben. Ich habe das Buch geholt.

Jenny. Warum haben Sie das gethan?

Flora. Nun — da Sie sich dafür interessirten —

Jenny (kalt). Wer sagt Ihnen das? — Ich wollte es nur darum wissen, weil Ella mitunter Bücher nimmt, die ihr nicht erlaubt sind. Wenn der Graf nun auf sein Zimmer kommt und das Buch vermißt —

Flora. Ich bring' es sofort wieder hin.

Jenny (nachdem sie sich umgesehen). Geben Sie. (Ergreift das Buch, geht nach links vor. Erstaunt, für sich.) Walther von der Vogelweide? Er liest Gedichte? — Ein Zeichen liegt darin — (Schlägt das Buch auf; liest.) Sag' mir Einer, was ist Minne? (Hält das Buch mit beiden Händen, liest längere Zeit, läßt dann in Gedanken verloren die Hände sinken, sieht schweigend vor sich hin.)

Flora (wartet eine Weile, dann räuspert sie sich, hüstelt einige Male; endlich schelmisch). Fräulein — behalten Sie das Buch?

Jenny (wie erwachend). Das Buch? Ach — was fällt Ihnen denn ein! Sofort tragen Sie es zurück. (Geht zur Bibliothek.)

Flora (geht nach rechts, wendet sich nochmals um). Ja — der Graf —

Jenny (sich erschrocken umwendend). Wie?

Flora. Der Graf — ist seit einer Stunde bei Herrn Arthur.

Jenny (zuckt unwillig die Achseln). Schwätzerin Sie! (Geht nach rechts an den Spieltisch. Flora lächelt verschmitzt, verbirgt das Buch unter der Schürze, eilt ab, Thür c.)

Zweiter Auftritt.

Jenny. Ella. Später Victor.

Ella (von links, Thür a, mit einer Zeichnung). Wo ist Papa?

Jenny (am Spieltisch beschäftigt). Ich weiß nicht. Du hast den Spieltisch noch nicht zum Whist hergerichtet.

Ella. Es hat ja noch Zeit; ich zeichnete. Willst Du etwas Gelungenes sehen? (Zeigt ihr die Zeichnung.)

Jenny. Ein ganz hübscher Kopf.

Ella (gereizt). Ein Kopf?

Jenny. Ist's kein Kopf?

Ella. Man spricht doch vor Allem von der Aehn= lichkeit. (Holt die Kartenpresse, die Spielmarken, das Blatt Papier und den Bleistift von dem Bücherschrank, tritt damit an den Spieltisch.)

Jenny. Aehnlichkeit? Mit wem?

Ella (nimmt die Karten aus der Presse; sie steht links, Jenny rechts. Sie richten während des folgenden Gesprächs den Spieltisch zum Whist her.) Man sieht, daß Du nie etwas Anderes gezeichnet hast, als Blumen.

Jenny. Jetzt errathe ich's. Du hast dich selbst portraitirt? (Spottend.) Weiblicher Narcissus!

Ella. Lächerlich! Als ob Rembrandt und Rafael sich nicht auch selbst portraitirt hätten?

Jenny. Dies ist jedenfalls die einzige Aehnlichkeit, die Du mit ihnen hast.

Ella (immer hitziger). Aus dir spricht der Aerger.

Jenny. Der Aerger? Worüber?

Ella. Weil gewisse Personen sich nicht mehr aus= schließlich mit dir beschäftigen —

Jenny. Du bist nicht klug!

Ella. Ich habe wahrhaftig nichts dazu gethan. Unfreundlicher, als ich immer mit Felix war, kann man nicht sein.

Jenny. Du bist in einer Weise eingebildet —

Ella. Bitte, bitte, es handelt sich nicht um Ein= bildungen, sondern um Thatsachen. — Die Beweise habe ich in der Tasche. Das heißt — eigentlich ... hat er sie.

Jenny. So? — Also die Beweise, daß er dich liebt — die hat er?

Ella (hitzig). Spotte so viel Du magst — es ist doch so! Ich bitte, wenn ein Herr die verlorene Schleife einer Dame findet und sie behält — ist das ein Beweis oder nicht, daß er sich für sie interessirt?

Jenny. Für die Schleife?

Ella (stampfend). Für die Dame! Geh', Du willst mich nicht verstehen!

Jenny (lächelnd). Ah, ich will dich schon verstehen; wenn Du aber mit Thatsachen flunkerst und dann bloße Vermuthungen aufstellst —

Ella. Vermuthungen? Ah, nun kommst Du sogleich mit mir zu Felix, und ich frage ihn in deiner Gegenwart -

Jenny. Ist das dein Ernst?

Ella. Mein voller Ernst; komm! komm! (Faßt sie am Arm.)

Jenny. Schämst Du dich nicht, so etwas nur zu denken?

Ella. Warum schämen?

Jenny. Weil Du alles Zartgefühls bar sein müßtest, wenn Du das thätest. Du Wildfang, Du. (Küßt sie.)

Ella (die Augen gegen Himmel richtend und tief seufzend). Ach, Du bist überspannt! (Geht nach der Thür a.)

Jenny (nachrufend). Wo gehst Du hin?

Ella. Ich suche Papa. Sei unbesorgt. (Ab Thür a.)

Jenny. Wenn ich sie nicht abhalte, ist sie im Stande — (wendet sich nach links).

Victor (ist durch Thür c eingetreten, ruft hinaus). Kommen Sie, Arthur. (Bemerkt erst jetzt Jenny; betroffen.) Ah, Sie sind hier, mein Fräulein!

Jenny (gereizt). Bitte, ich mache Ihnen schon Platz.

Victor (herausplatzend). O, das ist durchaus nicht nöthig —

Jenny (sarkastisch). Sehr liebenswürdig — (Victor macht eine Bewegung) aber ich geh' Ihnen ganz gern aus dem Wege. (Rasch ab Thür a.)

Victor. Ein sonderbares Mädchen! Ich gehe Ihnen ganz gern aus dem Wege. Ja, das merke ich. — Warum geht sie mir —? 's ist eigentlich schade um das Mädchen. Sie ist hübsch — nein, schön! Ach, und wie liebenswürdig könnte sie sein — wenn sie nicht so unliebenswürdig wäre. Wenn sie aber liebenswürdig wäre... — Nein — es ist besser so! (Geht an die Thür c, öffnet, ruft hinaus.) Arthur, treten Sie ein; es ist Niemand mehr hier.

Dritter Auftritt.

Victor. Arthur. Später Flora.

Arthur (den Kopf hereinsteckend). Gewiß Niemand? (Verschwindet wieder.)

Victor. Kommen Sie.

Arthur (tritt nach kleiner Pause ein. Er ist sorgfältig rasirt — das Schnurrbärtchen aufgewichst — dandyhaft gekleidet, mit Hut und Spazierstöckchen). Sie glauben nicht, wie eigenthümlich ich mir vorkomme. (Fährt sich über die Wange, zupft an seinen Rockschößen, schwingt sein Spazierstöckchen, tänzelt nach links vor.) Mir ist zu Muthe, als hätte ich... als wäre ich... ich kann's gar nicht beschreiben.

Victor (rechts vorne). Das gibt sich bald. Sie sehen um so viel vortheilhafter aus, daß man Sie kaum wieder- erkennt.

Arthur (selbstgefällig). Wirklich, Herr Graf? Das freut mich! (Geht, sich wiegend, auf und ab.)

Victor. So ist's recht. Je selbstbewußter Sie auf- treten, desto besser.

Arthur. O, ich fange schon an, selbstbewußt zu werden, ich habe mir Ihre trefflichen Lehren tief eingeprägt. Den Kopf empor, keck in die Welt geblickt —

Victor. Ganz recht.

Arthur (den Arm emporstreckend, mit entsprechender Geste). Die einzige Lebensweisheit besteht darin, frisch zuzugreifen —

Victor (ihn unterbrechend). Gut, gut! — Ich hole nun die Damen. (Geht nach hinten.)

Arthur (erschrickt, streckt den Arm nach Victor aus, um ihn zurückzuhalten.) Noch nicht! ein paar Augenblicke noch... (Fächelt sich mit dem Taschentuch. Sehr beklommen.) Es ist furchtbar schwül. Die verdammten Stechfliegen. Ein Gewitter ist im Anzug.

Victor. Muth, junger Mann. Sie haben keinen Grund, ängstlich zu sein. Wenn Ella Sie erblickt —

Arthur. Und Frau Philippine! (Geht einen Schritt gegen die Thür e.)

Victor. Ella wird angenehm überrascht sein.

Arthur. Ich bin sehr begierig, was Frau Philippine sagen wird.

Victor. Was Ella sagen wird, ist Ihnen doch wichtiger?

Arthur. Gewiß; aber verstehen Sie — Frau Philippine . . .

Victor. Nun?

Arthur. Sie ist ein herrliches Weib!

Victor. Aber sie hält doch keinen Vergleich mit Ella aus.

Arthur. Ella? — Ja. Ella — ist ein schlankes, in Blüthe stehendes Apfelbäumchen; Philippine — ein statt=licher Baum, an dessen Zweigen rothbackige duftende Aepfel prangen. Ich, Herr Graf — ich ziehe eigentlich die Früchte den Blüthen vor.

Victor. Was hör' ich da? Sie entpuppen sich ja als ein ganz abscheulicher Materialist! (Faßt ihn am Ohr.)

Arthur. Ach, ich scherzte nur, Herr Graf.

Victor. Das will ich hoffen. Vergessen Sie nie, daß der Apfel eine verhängnißvolle Frucht ist. Erinnern Sie sich an Eva und Eris. (Er drückt auf die Tischglocke.)

Arthur. Ich erinnere mich aber auch an die Aepfel der Hesperiden, die Dem, der sie genoß, ewige Jugend brachten.

Victor (mit dem Finger drohend). Aber bedenken Sie auch, daß diese Aepfel von einem schrecklichen und alle Zeit wachsamen (deutet nach der Thür e, Arthur sieht hin) Drachen behütet wurden. (Zu Flora, die durch die Thür c kommt. Arthur wendet ihr, da er gegen die Thür e gekehrt steht, den Rücken.) Liebe Flora, melden Sie Herrn Knaus, daß ich ihm einen Herrn vorstellen möchte.

Flora. Sogleich. (Arthur wendet sich um; sie sieht ihn über=rascht an, verbeißt mühsam das Lachen, prustet endlich los.)

Victor. Sie dürfen aber nicht lachen.

Flora (immer herzlicher lachend). Nein, nein, ich lache nicht. (Geht gegen die Thür a.)

Victor (vertritt ihr den Weg). Sie verderben uns den Spaß; ich werde selbst gehen.

Flora. Aber bitte, Herr Graf ——

Victor. Nein, nein; ich geh' selbst. (Ab, Thür a. Flora wendet sich zum Gehen.)

Arthur. Nun, Flora, was sagen Sie? (Stellt sich in Positur.)

Flora. Wie aus einem Schächtelchen! (Arthur sieht sich nach beiden Seiten um, faßt sich plötzlich ein Herz, packt Flora am Kinn. Sie schlägt ihn heftig auf die Hand; eilt ab Thür c.)

Arthur. O! (Reibt sich die geschlagene Stelle; dann nach nicht zu kurzer Pause, schmunzelnd.) Auch ein niedliches Bäumchen!

Vierter Auftritt.

Arthur. Dann Philippine.

Arthur. Diesen Augenblick benütze ich, um mich Frau Philippinen zu zeigen. (Klopft sachte links an die Thür e. Günthner schreit hinter der Scene sehr laut „Herein!" Heftig erschrocken zurückfahrend.) Herr Gott — der Drache! — Ach, sie kommt!

Philippine (in der Thür). Sie sind's, Herr Arthur? Ja, wie sehen Sie denn aus? (Geht ein wenig nach rechts.)

Arthur (rechts neben ihr bleibend). Hab' ich mich zu meinem Nachtheil verändert?

Philippine (freundlich und kokett lächelnd). Sie wollen ein Compliment provociren.

Arthur. O, mir genügt dieser freundliche Blick, dieses holde Lächeln. (Küßt ihr die Hand.)

Philippine (wie oben). Schmeichler!

Arthur. Nur ein kurzer Augenblick ist mir gegönnt. (Küßt ihr wieder die Hand.)

Philippine. Nicht doch.

Arthur. Gnädige Frau, haben Sie sich meiner Bitte erinnert?

Philippine. Welcher Bitte?

Arthur. Eine Locke! (Küßt ihr wieder die Hand.)

Philippine (ganz nach rechts flüchtend). Das ist unmöglich.

Arthur (ihr folgend). Schönste aller Frauen, ich muß ein Angedenken haben! Ich sterbe sonst vor Sehnsucht!

Als Manuscript gedruckt.

Philippine (lachend, aber allmählich ängstlich werdend). Wenn Sie wollen, daß wir Freunde bleiben — (Geht nach links.)

Arthur (sie verfolgend). Angebetete Frau!

Philippine. Ich sehe, daß ich gehen muß.

Arthur. Diese Nelke in Ihrem Haar! (Langt nach ihrem Kopfe.)

Philippine (geht gegen den Stuhl I). Nein!

Arthur (sie verfolgend). Sie ahnen nicht, wie ich leide! Dieses Herz — mein armes Herz —!

Philippine (flüchtet um den runden Tisch herum gegen den Lehnsessel a, lachend). Sie sind ein närrischer Mensch!

Arthur (zwischen Tisch und Sopha stehend). Verzeihen Sie mir — ich muß! (Packt plötzlich die Nelke, reißt sie ihr aus dem Haar.)

Philippine (erzürnt). Arthur, Sie geben mir die Nelke sofort zurück.

Arthur. Eher sterben! (Küßt die Nelke, legt sie in sein Notizbuch; flüchtet nach rechts zwischen Stuhl II und III.)

Philippine (läuft zwischen Lehnsessel a und Stuhl I durch, ihm nach). Ich bestehe darauf! (Günthner tritt plötzlich — Thür e — ein. Philippine und Arthur fahren erschrocken auseinander, bleiben — sie links, er rechts — wie versteinert stehen.)

Fünfter Auftritt.

Die Vorigen. Günthner. Victor. Knaus. Jenny. Ella. Später Felix.

Günthner (mit Hut und Regenschirm; nach einer Pause) Sieh' da, Herr Arthur — und wunderbar herausgeputzt! (Sieht ihn, dann Philippine, die ein paar Schritte nach links geht, scharf an, tritt zwischen Beide.)

Arthur (mit fast tonloser Stimme). Nicht wahr? Wie aus dem Mo— — Mode-Journal —

Günthner (mit verbissenem Grimme). Kleidet Sie gut. — Kleidet ihn gut! Nicht wahr, Philippine?

Philippine (verlegen). O ja.

Günthner (den Regenschirm wie einen gezückten Degen haltend). Da ging was vor. (Geht in derselben Haltung nach hinten.)

Knaus (tritt mit Jenny und Ella — Thür a — ein; bleibt überrascht stehen). Ah, Arthur? Das ist nicht übel! (Arthur macht eine Verbeugung. Vorgehend.) Sie sind kaum wieder zu erkennen.

Victor. Nicht wahr? (Geht mit Knaus vorne nach rechts; bleibt rechts neben ihm stehen, spricht mit ihm leise.)

Arthur. O, ich bitte ergebenst.

Günthner (vorn in der Mitte der Bühne; für sich). Da ging was vor!

Ella (mit Jenny rechts von dem Lehnsessel a stehend). Ich mache Ihnen mein Compliment.

Jenny (zupft sie am Aermel). Ella!

Arthur. O, mein Fräulein!

Günthner. Da ging was vor. (Wendet sich wieder nach hinten.)

Philippine (sich von links nähernd). Wohin gehst Du, Theodor?

Günthner (rauh). Zum Nachbar!

Philippine (mißtrauisch). Schon wieder? — Ich will seit langer Zeit einen Besuch bei der Baronin machen; ich werde mitfahren.

Günthner (wie oben). Ich fahre nicht.

Philippine. Ich bin bereit, auch zu Fuß zu gehen; aber — (nach dem Fenster zeigend) — es wird regnen.

Günthner. Ich werde reiten.

Knaus (sich nähernd). Ei der Tausend! Du willst reiten? Wird dich das nicht zu sehr anstrengen?

Philippine. Du willst reiten und nimmst den Regenschirm mit? (Spottend und mit entsprechender Geberde.) Zu Pferde mit aufgespanntem Regenschirm —

Günthner. Unsinn! Ich, ich nahm ihn — aus Gewohnheit! (Gibt ihr den Schirm, sie legt ihn aufs Sopha.)

Ella. Schwager Theodor zu Pferde? Das wird ein herrlicher Anblick sein.

Günthner. Kleine Schwägerin —!

Philippine. Du nimmst mich wirklich nicht mit?

Günthner. Nein! (Nach links vorgehend, bei Seite.) Comödie! (Laut und sich nach rechts kehrend.) Vor zehn Uhr komm' ich nicht zurück.

Philippine (trotzig). Gut! (Nimmt Arthurs Arm, geht mit ihm hinter den Stuhl III.)

Günthner (bei Seite). Ich komme früher, verlaß dich drauf!

Als Manuscript gedruckt.

Knaus (in der Mitte der Bühne). Reitest Du wirklich, Theodor?

Günthner. Ist denn das gar so merkwürdig?

Ella. O ja! Komm, Papa, wir müssen zusehen. (Nimmt Knaus' Arm.)

Philippine. Auch wir. (Felix tritt von links, Thür a, ein.)

Arthur. Gewiß!

Günthner (seinen Aerger verbeißend). Es freut mich, daß ich so viel zur allgemeinen Erheiterung beitrage! (Geht ab Thür c; Alle folgen ihm.)

Knaus. Theodor wird sich ausnehmen zu Pferde wie der zürnende Kriegsgott!

Ella (im Abgehen sich nach Felix umwendend, sehr rasch). Herr Felix, mit Ihnen habe ich zu reden.

Felix. Bitte. (Jenny, die hinter dem Lehnsessel a steht, schüttelt den Kopf, wirft einen strengen Blick auf Ella.)

Ella (wie oben, im Abgehen). Nein, nein, es ist durchaus nichts Wichtiges. (Ab mit Knaus, Thür c.)

Felix (zu Jenny, die allein gegen die Thür c geht). Fräulein Jenny — (Bietet ihr seinen Arm.)

Jenny (ohne ihn anzusehen, kalt). Bemühen Sie sich nicht! (Ab Thür c.)

Sechster Auftritt.

Victor. Felix.

Felix (zu Victor — der vorne nach links gegangen ist — und sich ihm nähernd). Victor, das kann nicht länger so fortgehen!

Victor. Du bist unverbesserlich.

Felix. Willst Du noch immer nicht gestehen, daß dein Plan mißglückt ist.

Victor. Wahrhaftig, die Liebe hat dich völlig unfähig gemacht, logisch zu denken!

Felix. Siehst Du denn nicht, daß Jenny nun schon anfängt, mich geradezu beleidigend zu behandeln.

Victor. Das ist es ja, was ich wollte! Die Frucht ist reif: ein kleiner Windstoß — und sie fällt dir in den Schoß.

Felix. Beweise mir's endlich, da Du so überzeugt bist! Ich kann in diesem Zustand nicht länger leben. So oder so, ich muß endlich einmal Gewißheit haben.

Victor (heiter). Na, meinetwegen, da Du nicht länger warten kannst, soll heute noch die Katastrophe herbeigeführt werden. Heut Abend — hast Du Jennys Jawort!

Felix (stürmisch). O, Victor, darf ich das wirklich hoffen!

Victor. Ich bürge dir dafür. Aber um die reife Frucht abzuschütteln, brauchen wir eben — den Windstoß. Du mußt mit dem Alten in Streit gerathen, dich mit ihm überwerfen, erklärst — morgen abzureisen. Jenny erschrickt, ist bestürzt, in höchster Aufregung. — Nun trete ich vor sie hin. Ich schildere ihr deine Liebe, dein treues Gemüth, all' die Vorzüge — die Du gar nicht hast! — Dann kommst Du und führst nun deine Sache in schlichten, warmen Worten, wie sie dir vom Herzen kommen. Sie schmollt ein wenig, sperrt sich ein Weilchen — endlich schimmern die Thränen! — (Feurig.) Jenny! (Ahmt nach links gewendet eine Umarmung nach. Schmachtend.) Felix! (Ahmt nach rechts gewendet eine Umarmung nach.) So wird es kommen und nicht anders, so gewiß, wie ich die Weiber kenne.

Felix (starrt ihn eine Weile an, dann die Hände zusammenschlagend). Victor — — bist Du ein Intrigant! Der reine Macchiavelli!

Victor. Das ist Nebensache. Die Hauptsache ist: willst Du oder nicht?

Felix (energisch). Ja, ich will! Und Du wirst staunen, wie feck ich mit dem Alten sein werde.

Victor. Bravo!

Felix. Und wann, glaubst Du, soll ich vom Leder ziehen?

Victor. Sogleich, und zwar — (erblickt den Spieltisch) — beim Whist.

Felix. Beim Whist! Abgemacht.

Victor. Und sollte er — (sieht sich um, erblickt Günthner, der leise, Thür c, eingetreten ist und wieder unbemerkt fort wollte). Sieh' da, Herr Günthner?

Siebenter Auftritt.

Die Vorigen. Günthner.

Günthner (bei Seite). Verdammt!

Felix (steht rechts neben Günthner, Victor links). Ist Ihnen twas passirt?

Victor. Sind Sie vom Pferde gefallen?

Günthner (vorgehend; Beide folgen ihm). Die Herren scheinen fest zu glauben, daß man Cavallerist gewesen sein muß, um reiten zu können.

Felix. O, durchaus nicht.

Günthner. Ich bin sogar ein ganz gewandter Reiter. Aber ich habe etwas vergessen.

Victor. Vergessen?

Günthner (an seine Rocktaschen tastend, für sich). Was hab' ich denn vergessen? (Laut.) Meine Sporen hab' ich vergessen. Nun ja, verstehen Sie — mit einem Wort — ich kann zu Pferde nicht existiren ohne Sporen!

Felix. Ich reite auch nie ohne Sporen aus.

Victor. Ich auch nicht.

Günthner (bei Seite). Hol' euch der — (laut) — Ich bitte Sie, meine Herrschaften, sagen Sie ja meiner Frau nicht, sagen Sie überhaupt Niemand, daß ich zurück=gekommen bin.

Victor. Gewiß nicht.

Felix. Verlassen Sie sich auf uns.

Günthner. Ihre Hand darauf. (Sie reichen ihm die Hände.) Ich danke Ihnen. (Geht gegen die Thür e. Sich dort noch einmal umwendend.) Ich reite gleich wieder fort. Von meinem Zimmer aus, über die Hintertreppe —

Felix. Was? Sie reiten über die Hintertreppe?

Günthner. Spaßvogel! (Rasch ab, Thür e.)

Achter Auftritt.

Victor. Felix. Dann Knaus. Jenny.

Victor. Na, was sagst Du, wie bei Dem mein Zauber=trank gewirkt hat? Du erräthst doch, weshalb er zurück=gekommen ist?

Felix. Aus Argwohn; um seine Frau zu überraschen.

Victor. Ein so uralter Kunstgriff! Etwas Besseres fällt ihm eben nicht ein. (Man hört Knaus' Stimme hinter der Scene.) St! Dein Onkel! Jetzt, Felix, zeige, daß Du noch Muth hast.

Felix. Sei ohne Sorge.

Knaus (mit Jenny durch Thür c. Seinen Hut auf den runden Tisch legend). Also, meine Verehrtesten, zum Whist!

(Da Jenny sich zum Gehen anschickt.) Du bleibst doch bei uns, mein Kind?

Jenny. Ich hole mir eine Arbeit, um recht ruhig sein zu können. (Ab nach rechts, Thür d.)

Neunter Auftritt.
Die Vorigen. Ohne Jenny.

Victor (vorne links stehend, Felix steht rechts von ihm). Ich sage nichts mehr, als — los!

Knaus (an den Spieltisch tretend). Ziehen wir, meine Herren! (Sie ziehen Karten.) Ich bin der erste Strohmann. (Setzt sich auf Stuhl III, Felix auf Stuhl IV, Victor auf Stuhl II.)

Felix (nachdem er tief Athem geschöpft hat). Onkel, Sie haben l a n g e auf sich warten lassen. (Felix spricht die ganze Scene hindurch mit gepreßter Stimme und schreit nur ab und zu, da Victor ihn unaufhörlich durch heimliches Stoßen mit dem Fuß unter dem Tisch und durch Mienen und Gesten anspornt, ein einzelnes Wort auffallend laut heraus, worüber er jedesmal selber erschrickt, so daß er die unmittelbar folgenden Worte ganz zaghaft spricht.)

Knaus (sehr heiter). Junger Mann, ich habe auch schon oft auf Sie gewartet. (Singend.) Die finstere Miene! (Liebkost ihn.)

Felix (schroff). Da muß ich bitten. Mir — kann Niemand Unpünktlichkeit vorwerfen.

Knaus (äußerst heiter). Mir vielleicht? (Da Felix die Achseln zuckt.) Das ist köstlich! (Lachend.) Also mir, den man nicht mit Unrecht einen Pedanten nennt?

Felix. Je nun, man kann, so weit das geliebte Ich in Frage kommt, ein großer — Pedant, zugleich aber gegen Andere — s e h r — unpünktlich — sein. (Wendet das Gesicht gegen das Publicum.)

Knaus (zu Victor, immer ganz heiter). Was sagen Sie, wie Der mit mir umspringt?

Victor. Er scheint schlechter Laune zu sein.

Knaus (sich zu Victor neigend, leise). Ich weiß — wegen Jenny . . . (Laut.) Na, ich bin nicht böse. Er glaubt ja selbst nicht, was er gesagt hat.

Felix (sich gereizt stellend). Ja, Onkel, wollen wir — s p i e l e n — oder wollen wir streiten?

Knaus (sehr gemüthlich). Spielen wollen wir! (Zu Victor.) Er hat ganz recht. (Vertheilt die Karten. Felix trommelt ungeduldig auf den Tisch.) Ist Der heut in einer rosigen Stimmung.

Felix (bei Seite). Was thu' ich denn, um ihn endlich in Harnisch zu bringen? Na warte! (Laut.) Onkel, Sie — Sie haben schon wieder vergeben.

Knaus (rasch die Karten zählend). Das kann nicht sein.

Felix (ebenso). Es ist doch so. — Ach, entschuldigen Sie — in Ordnung!

Knaus (zu Victor). Hm? Ein tüchtiger Whistspieler?

Victor (Knaus aufhetzend). Uebrigens wäre Ihnen das thatsächlich zum ersten Mal passirt.

Knaus. Ganz richtig.

Victor. Keinesfalls durftest Du mithin: „schon wieder" sagen.

Knaus (sehr behaglich schmunzelnd). Hat er „schon wieder" gesagt? Da thut er mir doch wahrhaftig Unrecht. Na, ich bitte. — Cayenne! (Sie spielen eine Weile.)

Felix (bei Seite). Ich sehe schon, ich muß mit schwerem Geschütz anrücken. (Nachdem Knaus eine Karte ausgespielt hat.) Oho, lieber Onkel, was spielen Sie denn aus! Sie — Sie sind heute ein wenig zer—

Knaus. Was bin ich?

Felix (einlenkend). Ich wollte sagen — (Victor räuspert sich, ermuntert ihn durch Fußtritte und Gesten. Felix sich ermannend) daß Sie — — zerstreut sind. (Lehnt sich erschöpft zurück.)

Knaus (mehr gekränkt als erzürnt). Ich? — zerstreut? (Zu Victor.) Bin ich zerstreut?

Victor (Knaus aufhetzend). Nicht im Geringsten.

Knaus (sich allmälig erhitzend). Einen aufmerksameren Whistspieler als mich gibt's nicht!

Victor (wie oben). Ich begreife nicht, wie Du einen solchen Vorwurf aussprechen konntest.

Knaus (immer erregter). Ich begreif' es auch nicht.

Felix (ganz bestürzt). Victor, ich —

Victor (ihn nicht zu Wort kommend lassend). Nein, nein, Felix, Du bist im Unrecht! Es war eine Unüberlegtheit —!

Knaus (die Karten auf den Tisch werfend, sehr laut). Ach, das war viel mehr! Das war — das war eine — Un — eine Un — eine Unüberlegtheit! (Springt auf, geht nach links vor. Felix läßt die Hände sinken, sitzt stumm und wie gebrochen da.)

Victor (springt auf, eilt mit ausgebreiteten Armen zu Felix, drückt die Hände auf Felix' Schultern. Als ob er Mühe hätte, ihn zu beschwichtigen, sehr laut.) Ruhig, Felix, ruhig! (Leise.) Vorwärts!

Felix (steht auf. Indem er sich die Stirn trocknet.) Onkel, ich sehe immer deutlicher, daß ich Ihnen nicht mehr angenehm bin —

Knaus (auf= und ablaufend). Ich und zerstreut. Mir das zu sagen! Mir!

Felix. Ich werde Ihnen nicht länger zumuthen, sich einen Zwang aufzuerlegen.

Victor (leise). Mach, daß Du fortkommst!

Felix (ganz in Verwirrung und sehr laut). Jawohl — ich mache, daß ich fortkomme! (Geht gegen die Thür c.) Ich gehe Onkel, ich gehe! (Ab, Thür c.)

Zehnter Auftritt.

Knaus. Victor. Jenny.

Jenny (ist, Thür d, eingetreten, bleibt an der Thür stehen).

Knaus (links vorne stehend, ganz abgekühlt; hat Felix verblüfft nachgesehen). Ei, ei, ei! Wie habe ich mich hinreißen lassen!

Victor (seinen Arm berührend, leise). Fräulein Jenny.

Knaus (sieht sich um, leise). Was wird Jenny dazu sagen! Ei, ei, ei, das ist ja schrecklich. Unser Plan! Alles war so gut im Gange. Nun hab' ich vielleicht Alles verdorben!

Victor (fordert ihn durch Zeichen auf, fortzugehen). Lassen Sie mich nur machen; ich werde den Vorfall so darstellen, als wenn Felix im Unrecht wäre.

Knaus (ihn verblüfft ansehend). Wie? — Ja so, freilich! — Bieten Sie Alles auf, ich bitte Sie! (Setzt seinen Hut auf.)

Jenny (sich nähernd). Papa, Du hast dich gezankt?

Knaus (hastig). Gezankt? — Im Gegentheil! Das heißt — verstehst Du ... einen kleinen Wortwechsel, wenn man's so nennen will. — Wo hab' ich denn meinen Hut?

Jenny. Lieber Papa —

Knaus. Ach ja so. Ich und zerstreut! Hast Du mich in deinem Leben schon zerstreut gesehen? Mir zu sagen, ich wäre zerstreut! (Geht nach hinten.) Laß mich, mein Kind, ich komme bald wieder. (Ab, Thür c.)

Als Manuscript gedruckt.

Elfter Auftritt.

Victor. Jenny.

Victor. Mein Freund Felix ist von Ihrem Papa eben recht empfindlich beleidigt worden. Er hat sich entschlossen, morgen — abzureisen.

Jenny (geht mit ihrem Arbeitskörbchen nach links, setzt sich auf den Puff. Kühl). Ich dachte, Papa wäre von ihm beleidigt worden. Und er reist ab; morgen schon?

Victor (neben Stuhl I stehend, erstaunt). Das ist Alles, was Sie dazu sagen?

Jenny (nimmt das Arbeitskörbchen auf ihren Schoß; arbeitend). Es thut mir recht leid.

Victor. Welche Gelassenheit!

Jenny. Ich sagte doch, daß ich es bedaure.

Victor (ironisch, aber sehr liebenswürdig). Mein Fräulein, ich spreche ihnen meine Bewunderung aus.

Jenny (hört auf zu arbeiten). Worüber?

Victor. Die Natur, welche den Käfer lehrt, sich im Falle der Gefahr todt zu stellen — hat auch den Frauen diese werthvolle Gabe verliehen.

Jenny (lächelnd). Sich todt stellen zu können? —

Victor. Jawohl — ich meine ... die Kunst der Verstellung überhaupt. (Lächelnd.) Sie, mein Fräulein, besitzen ohne Zweifel diese Gabe.

Jenny. Und Sie besitzen ohne Zweifel die Gabe — recht ungalant sein zu können.

Victor (sieht sie überrascht an; nach kurzer Pause und sich auf Stuhl I setzend). Ich bitte recht sehr. Wenn ich Ihre Kälte nicht für Verstellung hielte — dann wäre ich ungalant gegen Sie, denn ich müßte Sie in diesem Fall — für wankelmüthig halten.

Jenny. Wenn man über seine Empfindungen ins Klare kommt, erkennt, daß man sich geirrt hat — ist man dann wankelmüthig zu nennen? (Setzt das Arbeitskörbchen und die Arbeit auf den Tisch.)

Victor. Es müßte unbedingt ein gewichtiger Grund vorliegen —

Jenny. Gibts einen gewichtigeren, als wenn wir entdecken, daß Der, von dem wir uns geachtet, verehrt glaubten, eine niedrige Meinung von uns hegt?

Victor. Felix? Unmöglich! Felix, der Sie anbetet, sollte — Mein Fräulein, wie konnten Sie auf eine solche Vermuthung kommen?

Jenny. Es ist nicht Vermuthung, sondern Gewißheit. — Sein verändertes Benehmen gegen Ella, das nur den Zweck haben soll, mich eifersüchtig zu machen — (Victor sieht ihr ironisch lächelnd ins Gesicht, macht: „Hm!") Verstehen Sie mich recht. Dieses kindische Spiel selbst hat keinen Eindruck auf mich gemacht. Aber ich bin tiefverletzt — (steht auf, geht vorne nach rechts) ihm für so kleinlich und thöricht zu gelten, daß er erwartet, mich in einer heiligen Herzenssache durch einen so albernen Kunstgriff zur Entscheidung drängen zu können!

Victor (steht auf. Links neben ihr stehend). Mein Fräulein — hm! — ich bin außer mir. Ich muß Ihnen ein Geständniß machen. Ich habe Sie falsch, ganz falsch beurtheilt. Felix ist unschuldig: ich hab' ihn dazu verleitet.

Jenny (wendet ihm das Gesicht zu). Ah? — Sie wollten also da gewissermaßen — den Doctor spielen. Nun, verehrter Herr Professor, dieses Heilmittel war denn doch gar zu drastisch. Es scheint, daß Sie mich nicht für ein sehr zart organisirtes Geschöpf hielten.

Victor (sieht sie überrascht an. Nach kleiner Pause). Mein Fräulein — verzeihen Sie mir. Ja, ich gestehe es, ich habe Sie ganz falsch beurtheilt. Warum gehen Sie aber auch mit einer Maske vorm Gesicht durch's Leben? Ihr frisches Wesen, Ihren kernhaften, gesunden Verstand verbergen Sie hinter der grämlichen Miene einer Gouvernante. Ihr warmes Herz —

Jenny. Mein warmes Herz —?

Victor. Ja, Ihr warmes Herz! Verstellen Sie sich nur — ich erkenne Ihren Werth und ahne Ihr geheimnißvolles Wirken und Walten. Sie sind der gute Engel dieses Hauses. Ihren alten Vater umgeben Sie mit Liebe und Zärtlichkeit — der jüngeren Schwester sind Sie eine sorgsam wachende Mutter.

Jenny. Aber Herr Graf, Sie schmeicheln mir ja.

Victor. Nein, ich schmeichle nicht, ich rede, wie ich denke. Verzeihen Sie mir, daß ich Sie so verkannte. Aber nein, verzeihen Sie mir nicht, ich verdiene es gar nicht. Richten Sie Ihren ganzen Groll gegen mich allein. Felix

Als Manuscript gedruckt.

aber seien Sie gnädig! Er liebt Sie ja so innig, mit einer
solchen Leidenschaft — und S i e, gewiß, Sie lieben ihn
wieder. Ihr Stolz ist's, der Sie abhält, es zu gestehen.
Es ist ja der Fluch stolzer Naturen, daß sie, um sich nicht
beugen zu müssen, sich selbst belügen —

Jenny. Und wissen Sie denn bestimmt, daß Felix
sich nicht selbst belügt?

Victor. Felix? Nein, mein Fräulein, seine Liebe zu
Ihnen ist wahr, ist echt. (Mit warmem Gefühl.) Kann es
denn auch anders sein? Ein Herz, wie das Ihre, zu besitzen!
Mit Ihnen vereint durchs Leben zu gehen! Ueber die
Thorheiten der Menschen gemeinsam zu lachen — die Schön=
heiten dieser Erde gemeinsam zu bewundern! (Nach links an
den Stuhl I gehend, das Gesicht abwendend, ganz in Gedanken verloren.)
Wie einsam sind wir ohne ein zweites, gleichgestimmtes Herz!

Jenny. Ja, gewiß; es gibt keine ganze Freude für
den Einsamen. Darum klammere ich mich auch mit all'
meiner Liebe an die Meinen —

Victor. Und Sie thun gewiß recht daran. Aber so
theuer uns auch Eltern und Geschwister sein mögen —
immer fehlt doch noch d i e E i n e S e e l e, d i e u n s
a l l e i n g e h ö r t! (Innig.) Es gibt kein größeres Glück,
als Hand in Hand mit einem treuen, geliebten Wesen durchs
Leben zu schreiten! (Wendet das Gesicht nach links.)

Jenny. Sie wissen das Glück der Ehe sehr verlockend
zu schildern. Haben Sie diese beseligende Erfahrung — in
Ihrer Ehe gemacht?

Victor (wendet ihr rasch das Gesicht zu. Verlegen). Mein
Fräulein —

Jenny. Ich frage Sie, weil ich mich Ihres Reise=
planes erinnere. Sie haben doch schwerlich die Absicht, Hand
in Hand mit Ihrer Gemahlin nach Afrika zu gehen — auf
die Tigerjagd. Sie werden daher wohl für einige Zeit diese
Hand — loslassen müssen.

Victor (verwirrt). Mein — mein Fräulein ... Ich
muß Ihnen noch ein Geständniß machen. — Ich bin gar
nicht verheirathet.

Jenny (sieht ihn erstaunt und erregt an). Sie sind —
n i c h t verheirathet?!

Victor. Nein, ich habe ein wenig geflunkert, um
meinem Freunde besser helfen zu können.

Jenny (hält den Blick noch immer und ununterbrochen auf ihn gerichtet. Mit, ihre hohe Erregung verrathender, vibrirender Stimme). Sie sind **nicht** verheirathet? (Das Gesicht von ihm abwendend; wehmüthig vor sich hin.) Und er wirbt für einen Andern! (Laut.) Dann haben freilich Ihre Worte über das Glück der Ehe viel weniger Gewicht — (entschlossen) aber doch noch Gewicht genug, um mich zu einem Entschluß zu veran= lassen. (Kalt.) Haben Sie die Güte, Herr Graf, und über= bringen Sie Ihrem Freunde, für den Sie (mit durchklingender Ironie) mit so großer Wärme gesprochen — — mein Jawort! (Eilt rasch ab, Thür d.)

Zwölfter Auftritt.

Victor (allein; nachdem er ihr eine Weile nachgesehen). Ihr Jawort?! (Greift sich an die Stirn.) Warum zögere ich denn, Felix die Freudenbotschaft zu überbringen? Ich muß ja eilen! — Er wird jubeln und wahrhaftig, er hat alle Ursache dazu, denn dieses Mädchen ist ein entzückendes Ge= schöpf! (Indem er sich mit dem Taschentuch über die Stirn fährt.) Ah! Sonderbar — ja, was ist mir denn? (Faßt sich mit beiden Händen an der Brust, blickt nach der Thür, dann vor sich hin. Plötzlich ganz unwillig.) Wie bin ich thöricht! — Thöricht? (Sieht wieder nach der Thür, geht einige Schritte vor, bleibt, die Hand an die Augen gepreßt, stehen. Mit durchbrechendem Gefühl.) Nein, nein, nein, sag' ich; nein! (Man hört Ellas Stimme hinter der Scene; er rafft sich zusammen.) Vorwärts — zu Felix! (Er eilt links ab, Thür a.)

Dreizehnter Auftritt.

Ella. Felix. Später Flora.

Ella. Sie geben doch zu, Herr Rittmeister, daß die Schleife nicht spurlos verschwunden sein kann!

Felix. Hier auf den Tisch habe ich sie gelegt; sie muß sich finden. (Geht vor an den runden Tisch, sucht.)

Ella (das Papiermesser ergreifend und mit demselben auf den Tisch klopfend — sie steht vor Stuhl I. Hierher haben Sie sie gelegt?

Felix (immer suchend — er steht zwischen Sopha und Tisch, das Gesicht gegen Ella gekehrt). Jawohl.

Als Manuscript gedruckt.

Ella (ungläubig lächelnd). Und sie ist nicht mehr auf=
zufinden? Das ist sehr sonderbar! (Spitzt einen Bleistift mit dem
Papiermesser.)

Felix (immer suchend). Ich begreife es nicht.

Ella. O weh, die Spitze ist ab.

Felix. Erlauben Sie. (Nimmt Bleistift und Messer, geräth
in große Verwirrung, da er dabei ihre Hand berührt; geht nach rechts,
bleibt in der Mitte der Bühne stehen, spitzt den Bleistift.)

Ella (links neben ihm stehend). Herr Felix, wäre es
nicht viel einfacher — (tippt ihn schüchtern auf die Achsel) wenn Sie
offen gestünden —

Felix (durch die Berührung in große Verwirrung gerathend).
Was, mein Fräulein? (Säbelt plötzlich ganze Stücke von dem
Bleistift herunter.)

Ella (verschämt). Nun, daß Sie die Schleife behielten.

Felix (wie oben). Wie hätte ich das wagen dürfen.

Ella. Wagen dürfen? Je nun, ich denke — (Bemerkt,
daß er den Bleistift ganz verschnitzelt hat.) Aber was machen Sie
denn? Sind Sie ungeschickt! (Nimmt ihm Bleistift und Messer
aus der Hand.)

Felix (immer verwirrter). Vergeben Sie!

Ella (bei Seite). Wie hartnäckig er ist. (Laut.) Für
ein Wagniß also halten Sie es, sich ein kleines Angedenken
anzueignen? (Spielt mit dem Messer.)

Felix (geht wieder an den Tisch, fährt fort, zu suchen).
Wenn nicht für ein Wagniß, so doch für eine Kühnheit.

Ella (stützt sich auf die Lehne des Stuhles I, stützt ein Knie auf den
Stuhl. Ihm ununterbrochen zusehend). Seien Sie versichert, daß eine
Dame eher eine solche Kühnheit verzeiht, als die Gering=
schätzung, die darin sich aussprächе, wenn ein solcher Fund
verächtlich irgendwohin geworfen würde.

Felix (hebt, mit dem Rücken gegen das Sopha stehend, die
Mappe vom Tisch auf. Die Schleife wird sichtbar). Ah! mein Fräu=
lein — die Schleife. (Reicht sie Ella.)

Ella (heftig erzürnt). Ah! (Schlägt ihn mit dem Messer auf die
Hand. Er ruft: „O!" und fährt mit der Hand nach dem Mund. Ella
fährt erschrocken zusammen. Schluchzend.) Himmel, was hab' ich
gethan! Ich habe Sie getödtet!

Felix (lächelnd). Nein, ich versichere Ihnen — ich
lebe noch.

Ella (immer heftiger schluchzend und ihr Taschentuch um seine
Hand wickelnd). Sie bluten! Und durch mich — ich bin wahn=

finnig! (Die Hände faltend.) O guter, lieber Herr Felix, ver=
zeihen Sie mir! (Seine andere Hand umklammernd.) Können
Sie, werden Sie mir verzeihen? Ich war von Sinnen; ich
wußte nicht, was ich that! (Wankt.)

Felix (den Arm um ihren Rücken legend, um sie zu stützen).
Kommen Sie doch zu sich; beruhigen Sie sich.

Ella (sich zitternd an ihn schmiegend; außer sich). Ich bitte
Sie, sagen Sie mir, daß Sie mir verzeihen!

Felix (bebend). Ich habe Ihnen nichts zu verzeihen.

Ella. Ja, ja, Sie sind böse.

Felix (ihr ins Auge blickend). Wer könnte Ihnen böse
sein? (Zärtlich.) Seh' ich Sie an, wie Einer, der böse ist?

Ella (flüsternd). Sind Sie's gewiß nicht? Wirklich
nicht? (Halb besinnungslos.) O Felix!

Felix. Liebes, kindisches Mädchen! (Beugt seinen Kopf
näher und näher, küßt sie plötzlich auf den Mund; sie liegen sich einen
Augenblick lang in den Armen.)

Ella (reißt sich los, tritt einige Schritte nach rechts zurück;
außer sich). Ach, Felix, o, mein Gott, was haben Sie gethan!
— — Sie lieben ja — meine Schwester?

Felix (ist nach links vorne zurückgetreten, starrt sie ganz in
Verzückung an. Leidenschaftlich ausbrechend). Nein, nein! Dich, nur
dich lieb' ich, Du süßes, theures Mädchen! Mir ist, als
wäre ich aus einem Traum erwacht! Ich war im Dunkeln
— nun ist es hell geworden, sonnenhell! (Eilt zu ihr hin,
sinkt auf beide Kniee, faltet die Hände.)

Ella (außer sich vor Seligkeit). Ist es denn möglich!
Felix, Sie lieben mich? (Sinkt ebenfalls, die Hände faltend, vor
ihm auf die Kniee.)

Felix (sie um die Mitte nehmend). Unaussprechlich lieb'
ich dich! — Und Du, Ella?

Ella. O! (Lehnt sich zurück, verhüllt ihr Gesicht mit beiden
Händen. Da er ihr die Hände wegziehen will.) Nicht, nicht! Ich —
ich — schäme mich!

Felix (sie an sich ziehend). Nein, schämen Sie sich
nicht! — Mein theures Mädchen! (Zieht sie an sich, küßt sie
auf den Mund.)

Ella (sich losreißend und aufspringend). Mein Gott, man
kommt! (Eilt zur Thür d, wendet sich um, bricht in jubelndes Lachen
aus. Zu ihm zurückkehrend, stürmisch.) Ach, Felix! — Und dich —
hab' ich gehaßt; Du Lieber, Guter! (Küßt ihn, der noch immer

Als Manuscript gedruckt.

auf den Knieen liegt, mehreremale zärtlich auf die Stirn, er jubelt: „Ella, Ella!" dann eilt sie zur Thür d, wirft ihm Kußhändchen zu, ruft: „Auf Wiedersehen!")

Felix (jubelnd). Auf Wiedersehen! (Ella rasch ab, Thür d. Er steht jubelnd auf, eilt mit allen Geberden der Glückseligkeit vor, dann nach hinten.)

Vierzehnter Auftritt.

Felix. Victor. Dann Knaus. Jenny. Ella. Zuletzt Günthner. Philippine. Arthur.

Felix (Victor erblickend, der still und ernst durch die Thür a kommt). Victor, Du findest mich in der fieberhaftesten Erregung! (Die Arme ausbreitend.) Du weißt nicht, Du ahnst nicht —!

Victor. Beruhige dich. Ich bringe dir — die Entscheidung.

Felix (erschrickt, läßt plötzlich Kopf und Arme sinken; stotternd.) Die — die Entscheidung?!

Victor. Jennys Jawort.

Felix (ihn anstarrend; entsetzt). Liebt Jenny mich denn wirklich?!

Victor. Ja, Du Glücklicher!

Felix. Na, dann — dann — ah —! (Sinkt gebrochen rechts auf den Stuhl II.)

Victor. Eigenthümlich äußert sich bei dir die Freude!

Felix (stotternd). Die Freude?! Es ist die Verzweiflung!

Victor. Was sagst Du? (Macht eine Geberde, als ob er ihn für verrückt hielte.)

Felix (springt auf, läuft mit komischen Geberden der Verzweiflung vorn nach links). Ich bin namenlos unglücklich!

Knaus (durch die Thür c kommend, an der einen Hand Jenny, an der andern Ella festhaltend, sehr erregt). Ihr müßt, sag' ich! Graf, Felix, ich bitte! (Bald Victor, der rechts steht, bald Felix, der links steht, durchbohrend anblickend.) Hier sind meine beiden Töchter! Sie, Graf, haben für Felix bei der Einen geworben, er selber — bei der Andern! Ich bitte um Aufklärung!

Victor (sich erstaunt zu Felix wendend). Das ist nicht möglich!

Felix (gleichzeitig, indem er sich die Stirn trocknet). Lieber Onkel — iche ...

Knaus. Was Onkel iche — eine klare Antwort will ich!

Günthner (hinter der Scene schreiend). Nichts will ich hören, kein Wort! (Günthner stürmt mit Philippine an der Hand herein, hinter ihnen folgt Arthur.) Schwiegerpapa — (sich verbessernd) — Herr Knaus, hier bring' ich Ihnen Ihre schlecht erzogene Tochter wieder! (Schiebt ihm Philippine zu. Sie fällt Knaus weinend um den Hals; dieser hält noch immer an der einen Hand Jenny, an der andern Ella fest.)

Arthur (gleichzeitig). Ich dulde nicht, daß man diese edle Frau beleidigt. (Victor bemüht sich, ihn zu beschwichtigen.)

Günthner. Junger Fant, Sie schweigen!

Arthur. Sie werden sich mit mir schlagen!

Günthner. Ich werde Ihnen — (Victor zieht Arthur nach rechts, stellt sich vor ihn hin. Sehr laut). Ich verlasse dieses Haus — Adieu! Hier sieht mich Niemand wieder! (Eilt fort, Thür c.)

Philippine (laut schluchzend). Das dank' ich dir, Papa! (Geht laut weinend gegen die Thür c.)

Ella (ebenfalls schluchzend, geht gegen die Thür a). Ach, wie bin ich unglücklich! (Jenny geht gegen die Thür d.)

Knaus (Geht nach rechts vor. Zu Victor, grimmig.) Einen Hexenmeister nannte ich Sie? Sie haben mir einen Hexensabbath entfesselt, der ohne Gleichen ist! (Wendet sich nach links zu Philippine. Gebieterisch.) Du gehst auf dein Zimmer! (Sich gegen die Thür d zu Jenny wendend.) Du gehst auf dein Zimmer! (Gegen die Thür a zu Ella gewendet.) Du gehst auf dein Zimmer! (Das Gesicht gegen das Publicum wendend, sehr gebieterisch.) Ich geh' auf mein Zimmer! (Die Fäuste ballend.) Und freundlichst bitte ich: überschreite heut' Niemand mehr die Schwelle meines Zimmers. (Mit einem Knix vor Victor, grimmig.) Gute Nacht. (Er eilt durch die Thür c ab. Jenny, Ella und Philippine nähern sich den bezeichneten Thüren; Felix sinkt links auf den Puff, Arthur auf Stuhl III. Victor schlägt die Hände zusammen, sinkt, einen tiefen Seufzer ausstoßend, rechts auf den Lehnsessel b.)

(Der Vorhang fällt.)

Als Manuscript gedruckt.

Vierter Aufzug.

(Dieselbe Decoration wie im ersten Aufzug.)

Erster Auftritt.

Jenny. Ella. Dann Philippine. Hierauf Flora.

Ella (tritt mit Jenny, Thür a, ein. Jede trägt ein Tuch um die Schultern. Wickelt sich fest in das Tuch, tritt vor. Fröstelnd). Ah, der Morgen ist eisig kalt!

Jenny (sich ebenfalls in ihr Tuch hüllend). Wo bleibt doch Flora? Laß' uns nicht durch den Garten gehen. Komm hier hinaus. Der Papa könnte uns vom Fenster aus sehen.

Philippine (hinter der Scene). Jenny, Jenny! (Herein= eilend, Thür a.) Einen Augenblick wartet! Ihr müßt mich mit= nehmen! (Hüllt sich fröstelnd in ihren Mantel.)

Jenny (schüttelt den Kopf). Du weißt, wie neugierig die Leute im Dorfe sind, zumal die Wirthin. Und wenn Du Theodor erblickst, fängst Du gewiß wieder zu weinen an.

Philippine. Weinen! O nein! (In Thränen aus= brechend.) Ich weiß mich zu beherrschen.

Jenny. Du zeigst es eben.

Philippine (schluchzend). O Jenny, was geschieht, wenn Theodor mir nicht verzeiht?

Jenny. Als wenn er dir überhaupt etwas zu ver= zeihen hätte.

Philippine. Es war doch unrecht von mir, mit ihm zu spielen.

Jenny. Ja, das sind die Folgen, wenn man (sich gegen Ella wendend) gegen eine ältere wohlmeinende Schwester verschlossen ist wie gegen eine Fremde.

Ella (ebenfalls in Thränen ausbrechend). O, mein Gott, mein Gott! (Verhüllt ihr Gesicht, geht vorn nach rechts.)

Nun fängt sie auch wieder an. Ella,
ibt Ihr nicht genug geweint die ganze Nacht?
pine (schluchzend). O Jenny, Jenny!
(ungeduldig). Hast Du Flora fortgeschickt?
pine (wie oben). Sie holt mir ein Butterbrod. —
n.

bringt auf einem Teller ein sehr großes Stück Butter=
lorgen, Fräulein! (Reicht Philippine den Teller.)

pine (immer schluchzend). Ich danke Ihnen, Flora.
: — Flora behält den Teller — beißt von dem Brot
ab. Weinend und kauend.) O Jenny, wenn Du
eh' mir ums Herz ist.

orn neben Philippine). Aber deinem Appetit hat
cht geschadet? (Winkt Flora zu sich heran, die rechts

ine. Du weißt doch, daß ich gestern nicht zu
!

komisch wichtig). In der That!
überblickend). Ich auch nicht! (Sich nähernd,
pine, gib mir auch ein Stückchen! (Philippine
, gibt es ihr. Ella setzt sich auf Stuhl II. Beide essen
r sich hin.)

nach kleiner Pause). Bei meiner Seele: ein
!

Jenny). Willst Du nicht auch ein Stückchen?
Nein, ich danke. Nun, Flora, haben Sie Papa

Nur einen Augenblick, als ich ihm frisches
Er verschloß sofort wieder seine Thür. Zu
ng: er sieht vortrefflich aus; aber böse ist

Böse?
er ist's, rief er, als ich klopfte. Ich bin's.
! Dabei blickte er mich finster an und zu
agen Sie mir keinerlei Botschaft mehr. Weder
hter, noch sonst von Jemand. Dem Grafen
eister (Ella schluchzt laut auf) aber sagen Sie,
eid thut, sie vor ihrer Abreise nicht mehr
en. Es thut mir leid, aber es ist un=

Als Manuscript gedruckt.

Jenny. Wann geht der Eilzug? (Ella und Philippine, d
sich beruhigt hatten, schluchzen wieder laut auf, verstummen aber glei
wieder.)

Flora. Um elf Uhr. (Abermaliges Aufschluchzen und Ver
stummen.)

Jenny. Philippine! Ella! — (Zu Flora.) Wo ist de
Herr Graf?

Flora. Auf seinem Zimmer. (Einen Blick auf Ella werfend
Der Herr Rittmeister (Ella schluchzt laut auf) ist bei ihm
Beide sehen verstört aus wie Gespenster. Bis Mitternach
gingen sie im Parke auf und ab. Dann gingen sie a
meinem Fenster vorüber, da hörte ich Herrn Arthu
(Philippine schluchzt laut auf) sagen, ob die Herren ihn begleite
wollten, er möchte beim Adler ein Glas Wein trinken.

Jenny (bitter). Der junge Mann hat große Fortschritt
gemacht.

Flora. Er scheint aber mehr als Eins getrunken z
haben. Wie Naumann erzählt, kam er erst um vier Uh
Morgens zurück; der Herr Graf und der Herr Rittmeiste
(Schluchzen Ellas) geleiteten ihn — und Naumann mußt
ihn — zu Bett bringen.

Jenny. Genug! Ella, wir gehen. Dir, Philippine
möchte ich aber nochmals rathen, nicht mitzugehen. D
brauchst dich nicht so zu demüthigen. Theodor hat gewi
seinen Groll verschlafen und bereut es längst, davongegangen
zu sein.

Philippine (steht auf. Weinend). Wenn es dir aber nich)
gelingt, ihn zu besänftigen?

Jenny. Ich bringe ihn.

Ella (gleichzeitig). Wir bringen ihn bestimmt!

Jenny. Du kannst dich darauf verlassen. Geh
Philippine, geh'! (Drängt sie fort.)

Philippine (laut weinend). Nun gut, ich bleibe
Aber beeile dich, gute, liebe Jenny, (nach hinten gehent
denn mit jeder Secunde wird meine Erregung sich verdoppelr
(Auf den Stufen der Veranda stehen bleibend.) Ach Gott, ac
Gott, ich bin so unglücklich! — Flora, ich gehe auf mei:
Zimmer. Ich fühle mich nicht wohl. Wenn ich klingle
kommen Sie schnell und bringen Sie mir noch ein Butterbro
mit. (Ab, Thür a.)

Jenny. Komm, Ella, komm! (Sie gehen gegen di
Thür d.)

Flora (nachdem sie wiederholt nach der Veranda geblickt). Fräulein —!

Jenny. Nun?

Flora. Ich wollte nur sagen, daß der Graf gradezu in Verzweiflung ist.

Jenny (zu Ella halblaut). Er hat alle Ursache dazu, der frivole Mensch!

Flora. Noch etwas, Fräulein!

Jenny (an der Thür). Aber rasch.

Flora. Er bat mich — es ihm zu melden, wenn Sie, Fräulein, sichtbar sein würden.

Jenny (energisch). Flora, ich verbiete Ihnen, ihm zu sagen —

Flora (ängstlich). Bitte, Fräulein!

Jenny (einlenkend). Daß — ich ausgegangen bin. (Wendet sich zur Thür.)

Flora (mit einem Auge zwinkernd). Und wenn er mir einen Brief — (Jenny wendet sich rasch um), einen Brief für Sie geben will, so nehme ich ihn nicht.

Jenny. Einen Brief? — (Mit sich kämpfend.) Den, den dürfen Sie — nein! Weder schriftlich, noch mündlich will ich mit ihm zu thun haben. (Nimmt Ella unter den Arm, eilt mit ihr durch die Thür d ab.)

Flora (nach rechts gehend). Was wird er sagen? (Seufzt.) Ah! — — Na, wenn sie zurückkehrt — (Geht nach der Veranda.) Ach, Herr Graf — zu spät, das Fräulein ist fort.

Zweiter Auftritt.

Flora. Victor.

Victor (ist durch die Thür a eingetreten, ganz niedergeschlagen). Ganz recht. Ich will das Fräulein nicht belästigen.

Flora (bei Seite, theilnahmsvoll, sie steht links, er steht rechts). Ach Gott, wie traurig er ist! (Laut.) Aber wenn sich später Gelegenheit findet —

Victor. Nein, nein! Ich habe mich anders besonnen. In einer andern Weise aber können Sie mir dienlich sein, liebe Flora.

Flora. Ich stehe zu Diensten.

Als Manuscript gedruckt.   6

Victor. Raumann weigert sich, eine Botschaft an Herrn Knaus zu bestellen.

Flora (ernsthaft nickend). Ja freilich!

Victor. Hätten Sie den Muth, Herrn Knaus eine Karte von mir zu überbringen?

Flora. Herr Graf, ich an Ihrer Stelle schickte ihm keine Karte, sondern einen Brief.

Victor. Einen Brief?

Flora. Kurz abgefaßt, dringlich und vernünftig — ah, ich bitte um Verzeihung!

Victor. Flora — Sie haben Recht! Sie sind ein kluges Mädchen.

Flora (nach rechts, an den Schreibtisch eilend). Hier ist Tinte, Feder und Papier. (Rückt Alles zurecht.) In fünf Minuten komme ich wieder und hole den Brief.

Victor (setzt sich rechts auf den Lehnsessel.) Flora! Will ihr Geld in die Hand drücken.)

Flora. Nein, nein, ich danke.

Victor. Keine Umstände, Flora.

Flora. Nein, nein! (Er drückt ihr das Geld in die Hand. Sie stützt sich auf die Kante des Schreibtisches. Den Kopf vorbeugend, in bittendem Tone.) Ich danke, Herr Graf! Aber halten Sie mich ja nicht für interessirt.

Victor (lächelnd). Nein! (Flora knixt, dann rasch ab, Thür a. Er sinnt einen Augenblick nach, schreibt; schiebt das Blatt von sich, nimmt ein neues. Dasselbe Spiel wiederholt er einige Male mit immer lebhafteren Geberden des Unwillens. Seufzend). Wahrhaftig, — (klopft sich auf die Stirn) — ich glaube Blei im Kopfe zu haben.

Dritter Auftritt.

Victor. Felix. Dann Arthur.

Felix (tritt sehr niedergeschlagen durch die Veranda ein). Ah, Victor!

Victor (schreibend). Schon ausgeschlafen?

Felix. Ich schlief doch nicht.

Victor. Als ich dich verließ, warst Du im Lehnsessel eingeschlummert.

Felix. Das ist nicht möglich. (Sinkt links auf Stuhl II.)

Victor. Wir streiten ein andermal über diese wichtige Frage. (Schreibt hastig.)

Felix. Was hast Du vor?

Victor. St! (Schreibt. Flora kommt, Victor couvertirt den Brief, reicht ihn Flora.) Mögen Sie nicht ohne eine günstige Antwort zurückkommen.

Flora. Wenn es von mir abhinge — (Eilt mit dem Briefe nach rechts ab, Thür c.)

Victor (aufstehend, einen Schritt nach hinten gehend). Ah, jetzt ist mir leichter! (An der linken Seite der Verandathür wird Arthur sichtbar. Man sieht zuerst nur seinen Arm, mit dem er sich an dem Thürpfeiler festhält, dann in einer Weile ihn selbst. Er ist bleich und verstört, sein Haar, die Cravatte sind in Unordnung, das Taschentuch hängt ihm aus der Tasche. Nach einer Pause.) Sieh' da, unser Bruder Liederlich!

Arthur (oben in derselben Stellung stehen bleibend). Darf ich Sie einen Augenblick stören?

Victor. Sie dürfen.

Arthur (steigt langsam die Stufen herab; vorkommend). Ich bin in einem Zustande, der unbeschreiblich ist. (Sinkt auf den Stuhl I.)

Victor (rechts neben ihm). Den Zustand kenn' ich.

Arthur. Nein, den können Sie nicht kennen — können Sie nicht kennen! (Hält sich den Kopf.) Mir ist zu Muthe wie einem Verbrecher.

Victor. Oho!

Arthur (die Hand an den Magen drückend). So schwer ist mir das Herz!

Victor. Hier oben haben Sie das Herz, Sie Armer. (Rückt ihm die Hand hinauf.)

Arthur (kläglich). O, was habe ich gestern gethan und was werde ich heute noch thun müssen!

Victor. Was denn?

Arthur. Ich werde mich mit Herrn Günthner schlagen müssen!

Victor. Er denkt nicht daran.

Arthur. Wirklich nicht? O, Herr Graf —

Victor (faßt ihn am Arm, führt ihn vor). Kommen Sie. Ich will Ihnen einen Rath geben. (Er steht rechts, Arthur links.) Begeben Sie sich auf Ihr Zimmer.

Arthur. Ja.

Victor. Gehen Sie zu Bette.

Arthur. Ja.

6*

Victor. Schlafen Sie ein paar Stunden.

Arthur. Ja.

Victor. Erwachen Sie dann —

Arthur. Ja.

Victor. Und Sie werden Alles mit andern Augen ansehen.

Arthur. Wenn aber Herr Günthner —

Victor (ihm die Hand reichend). Gehen Sie schlafen.

Arthur. Ich danke Ihnen. (Da Victor ihm die Hand schüttelt, schmerzlich zusammenfahrend.) Au! (Faßt sich an der Stirn, geht einen Schritt nach hinten; sich umwendend.) Wenn Sie wüßten, wie mir zu Muthe ist. Mein Kopf — Ih! (Wie zuvor.) Und wie ich mich verachte! O! — Und hier die Schläfe! Ah! — (Vor den Stufen der Veranda sich wieder umwendend.) Sich so zu vergessen! — Es ist eine Schande; es ist ein Jammer!

Victor (einen Schritt vorgehend). Natürlich ist's ein Jammer.

Arthur (nachdem er die Stufen hinaufgestiegen). Gute Nacht!

Victor (links stehend). Guten Morgen!

Arthur (sich nochmals umwendend). Verachten Sie mich nicht!

Victor. Nein, nein! (Arthur ab, Thür a.)

Vierter Auftritt.

Victor. Felix. Dann Flora.

Felix. Hör' mal, Victor, Dem hast Du auch eine zu starke Dosis von deinem Zaubertrank gegeben.

Victor (seufzend, nach rechts gegen den Kamin gehend). Es scheint!

Felix. Du schriebst an den Onkel?

Victor. Jawohl und ich hoffe, daß er mir nunmehr die Unterredung bewilligen wird. (Mit ausgebreiteten Armen auf Felix losgehend, bleibt hinter dem Stuhl I stehen; zuversichtlich.) Fasse Muth, Felix, ich habe einen Plan!

Felix (aufspringend und die Hände zusammenschlagend). Um Gotteswillen!

Victor. Weshalb erschrickst Du?

Felix. Nimm mir's nicht übel, aber ich habe das Vertrauen verloren zu deinen Plänen.

Victor. Erlaube mir! Wer hat die Verwirrung an-
gerichtet, ich oder Du? Geworben hast Du um Jenny und
verliebt bist Du in Ella!

Felix (zerknirscht nach rechts gehend). Ja, Du hast Recht!
(Setzt sich rechts auf den Lehnsessel.)

Victor (nach links gehend). Kein Wort solltest Du
reden; nicht eine Silbe! Ein Mensch, der sich so lange
über seine Empfindungen einer Täuschung hingibt — (Heftig.)
So etwas ist mir ja in meinem ganzen Leben nicht vorgek —
(hält betroffen inne). Eigentlich ist's mir ja auch passirt! (Unruhig.)
Flora bleibt lange aus.

Felix (erstaunt). Sie ist ja eben fort —

Victor (nach rechts gehend, hoffnungsvoll). Felix, wenn es
mir möglich sein wird, mit dem Alten zu sprechen. (Sehr erregt, er stützt sich auf die Lehne des Lehnsessels.) Ich möchte
dich so gern mit Ella verbinden!

Felix (sieht ihm forschend ins Gesicht). Sieh', sieh'! (Victor
geht gegen den Stuhl I, er folgt ihm, nimmt ihn an der Hand; mit
Pathos.) Victor, deine große Theilnahme — rührt mich
unendlich!

Victor (sich nach links wendend). Laß' es gut sein.

Felix (rechts neben Victor). Daß Du meinetwegen dich
derart aufregst! (Schüttelt ihm die Hand.) Ich danke dir vom
Herzen!

Victor (verlegen). Ja, ja. (Macht sich los.)

Felix. Victor! Victor!

Victor. Was willst Du?

Felix. Victor — Du bist in Jenny verliebt!

Victor (ganz erzürnt). Ach, Du bist verrückt!

Felix (verschränkt die Arme, sieht ihn an). Ja, ja, ja! —
Die Liebe macht doch einen Jeden — stumm.

Victor. Was!

Felix. Ah, entschuldige — dumm!

Victor. Du bist verrückt!

Felix (lächelnd). Und Du bist verliebt!

Victor (außer sich). Ich begreife nicht, wie Du mit
lachendem Munde einen so entsetzlichen Gedanken aussprechen kannst.

Felix. Entsetzlichen, sagst Du?

Als Manuscript gedruckt.

Victor (mit unterdrücktem Gefühl). Setzen wir den Fall, ich — ich hätte mich in Jenny verliebt. Hab' ich denn nur den geringsten Schimmer von Hoffnung? Mit dem größten Eifer hab' ich bei Jenny für dich geworben. Und nun soll ich etwa vor sie hintreten, ihr sagen: entschuldigen Sie, es war ein Irrthum. Nicht für ihn, für mich hätte ich eigentlich das Wort führen sollen! Wie ein thörichter Knabe stünde ich vor ihr. Und Jenny selber? (Da Felix etwas sagen will.) Denk' dich in ihre Lage! Wie muß sie sich gekränkt und beleidigt fühlen! Ein so liebes, geistvolles, hochsinniges Mädchen!

Felix. Na, siehst Du, daß ich Recht hatte. Du liebst —

Victor (faßt Felix an den Schultern, ausbrechend). Felix, ja ich liebe! Ich liebe wahnsinnig, mit einer Leidenschaft, die mich fast um den Verstand bringt! (Wirft sich auf den Stuhl I, verhüllt sein Gesicht.)

Felix (rechts neben Victor, in derselben Stellung und gestikulirend, wie Victor im ähnlichen Auftritte des ersten Aufzugs.) Mein bester Freund, was ist denn Liebe? Capriciöse Auswahl! Du weißt es ja; besinne dich! Alles, Alles ist nur Einbildung!

Victor (ihn ansehend). Was sagst Du?

Felix. Ich wiederhole dir dieselben Worte, die Du an mich gerichtet hast.

Victor. Felix!

Flora (athemlos von rechts, Thür c). Hier — die Antwort des gnädigen Herrn. (Ueberreicht Victor einen Brief, zieht sich in den Hintergrund zurück.)

Victor. Ein Brief? (Mit Felix nach links vorgehend, liest, Felix sieht ihm über die Achsel.) „Mein sehr verehrter Herr Graf! Ich bedaure recht sehr, Sie vor Ihrer Reise über den Ocean nicht mehr empfangen zu können. Ich bin allerdings Ihr Mitschuldiger; waren Sie der Hexenmeister" — (seufzend) o Ironie! — (lesend) „so war ich Derjenige, der sie dazu berief. — Aber ersparen Sie mir und Ihnen Auseinandersetzungen, die uns Allen peinlich sein müßten. Leben Sie wohl! Ohne Abschied!" (Zu Felix.) Das ist recht deutlich. (Liest.) „Auch Felix wünsche ich eine glückliche Reise!" (Sinkt auf den Stuhl I.)

Felix (nimmt den Brief, sieht ihn an). Das ist auch recht deutlich! (Geht nach rechts zu dem Puff, setzt sich darauf, wirft den Brief auf den Schreibtisch.)

Flora (schüchtern sich nähernd). Herr Graf —?

Victor (still und ernst zu Felix). Ich bin mit meinem Latein zu Ende! Wir haben hier nichts mehr zu thun — (wehmüthig lächelnd) als unsere Koffer zu packen.

Felix. Du hast leider Recht!

Victor (zu Flora). Schicken Sie uns Naumann hinauf.

Flora. Er ging eben hinauf.

Victor sieht nach der Uhr; zu Felix). Wir gehen zu Fuß nach dem Bahnhof?

Flora (bestürzt; sie steht in der Mitte zwischen Beiden). Herr Graf — Sie werden doch nicht —

Victor (weich). Ja, mein Kind, ich werde...

Flora (ängstlich nach links zu Victor gewendet). Sie haben ja mit Fräulein Jenny sprechen wollen?

Victor (schüttelt stumm den Kopf, ganz zerknirscht). O nein.

Flora (nach rechts zu Felix gewendet). Und der Herr Rittmeister mit Fräulein Ella?

Felix (wie Victor). O nein!

Flora (zu Victor). Schreiben Sie ihr auch nicht?

Victor. O nein!

Flora (zu Felix). Und Sie auch nicht?

Felix (gegen Himmel blickend, aufseufzend). Nie!

Victor (sich ermannend). Sie werden so freundlich sein, den Damen zu sagen, daß ich herzlich bedauerte, mich nicht persönlich verabschieden zu können. (Eine Anzahl Visitenkarten einbiegend). Hier, auch für die Herren. (Gibt ihr die Karten).

Felix (ebenso, mühsam). Und hier, von mir — dasselbe.

Victor (drückt Flora Geld in die Hand). Adieu, Flora! (Felix drückt ihr ebenfalls Geld in die Hand.)

Flora. Nein, nein, nein, das nehm' ich nicht! Das ist zuviel! — Herr Graf — o — Sie dürfen nicht abreisen. (Drückt ihre Schürze an die Augen.)

Victor. Flora, was fällt Ihnen denn ein. (Flora faßt ihn plötzlich an der Hand, drückt sie weinend an ihre Lippen). Aber Mädchen! (Springt auf.)

Felix (steht auf. Ganz gerührt). Eine treue Seele! (Flora bricht in lautes Weinen aus.)

Als Manuscript gedruckt.

Victor (zornig). Nur keine Thränen. Die hasse ich wie den Tod! Gehen wir unsere Koffer packen! (Rasch mit Felix ab, Thür a.)

Fünfter Auftritt.

Flora allein. Dann **Jenny**. **Günthner**. **Ella**. Hierauf **Philippine**.

Flora (vorgehend). So traurig war ich noch in meinem ganzen Leben nicht. Und ich weiß nicht, wer mich mehr erbarmt — mein Fräulein — oder der Graf. (Horcht). Wer kommt? Ah?

Günthner (links hinter der Scene). Nicht einen Schritt geh' ich weiter; um keinen Preis! (Günthner — an einem Arme Jenny, an dem andern Ella — wird von Beiden mit sanfter Gewalt hereingezogen, Thür d.) Nein, sag' ich, ich will nicht!

Jenny. Sei nicht eigensinnig! — Flora! (Gibt Flora einen Wink, Flora rasch ab, Thür a.)

Ella. Sei nicht halsstarrig.

Günthner. Ich lasse mich nicht zwingen.

Jenny. Da Du nun gehört hast, daß einzig und allein Papa daran Schuld war.

Günthner. Geht mich nichts an! Philippine hätte —

Ella (hält ihm den Mund zu). Schwager! Süßer Schwager!

Günthner (losplatzend). Wer zwang sie, solche — (Ella hält ihm wieder den Mund zu, er lallt. Sie tätschelt und streichelt ihm die Wangen in der Art, wie man kleine Kinder besänftigt. — Günthner Ellas Hand wegschiebend.) Ella, ich — (sie drückt ihm die andere Hand an den Mund).

Jenny. Nun komm'!

Günthner. Laßt mich fort! Glaubt ja nicht, daß ich im Begriff war, herzukommen.

Jenny. Wer könnte so etwas glauben.

Günthner. Ich ging spazieren hier im Park, um meinen Kopfschmerz los zu werden.

Philippine (hereineilend). Theodor! Mein Theodor! (Fliegt ihm an den Hals. Jenny zieht Ella nach links.)

Günthner (indem er sich scheinbar sträubt). Derlei macht keine Wirkung auf mich.

Philippine (schluchzend und ihn abküssend). O, verzeihe mir!

Günthner (immer weicher.) Wenn ich will, kann ich — (fast schluchzend) kann ich hart bleiben wie ein Felsen!

Philippine (ihn zärtlich küssend). Komm', mein guter Theodor! (Zieht ihn mit sich fort.)

Günthner. Nein, sag' ich! Hier sieht mich Niemand wieder!

Philippine (Theodor liebkosend) und mit sich ziehend). Mein süßer, mein einziger Theodor!

Günthner (bevor sie rechts, Thür a, verschwinden). Nicht zehn Paar Pferde ziehen mich über die Schwelle! (Beide ab.)

Jenny. Zehn Paar Pferde nicht, aber ein paar schwache Frauenarme!

Sechster Auftritt.

Jenny. Ella. Flora.

Flora (voreilend). Fräulein, ich bitte! (Reicht Jenny und Ella je zwei Karten.) Die Herren bedauerten —

Jenny (erschrocken, sie steht rechts, Ella links, Flora in der Mitte). Wie?

Ella (gleichzeitig heftig erschrocken). Sie sind fort!?

Flora. Sie packen eben ihre Koffer.

Ella. O mein Gott!

Flora. Die beiden Herren sind förmlich in Verzweiflung! der Herr Graf schrieb an den gnädigen Herrn und ich brachte ihm — ah! da ist der Brief. (Eilt an den Schreibtisch, reicht Jenny den Brief).

Ella (hinzueilend). Ein Brief?

Jenny (den Brief nehmend). Wie, ich soll —? Nein!

Flora. Fräulein, Sie überlegen doch nicht? (Jenny wirft einen strengen Blick auf sie; Flora zieht sich zurück.)

Ella. Gib mir den Brief, ich lese ihn.

Jenny (mit sich kämpfend). Nein, nein.

Ella. Ich beschwöre dich, Jenny, thu's mir zu Liebe.

Jenny (vorn nach links gehend). In Kriegszeiten wird ja das Briefgeheimniß nicht respectirt — geschlossen ist er auch nicht — es sei! (Liest, Ella will ihr über die Schulter sehen, sie wendet sich ab, liest haftig mit wachsender Spannung. Plötzlich innehaltend.) Mitschuldiger? Hexenmeister? Also eine förmliche Intrigue, ein abgekartetes Spiel mit Wissen und Willen des Papas? Das ändert die Sachlage ganz bedeutend! (Verschränkt die Arme, geht nach rechts.)

Ella (ihr auf dem Fuße folgend). Jenny, Du wirst sie doch nicht fortlassen, ohne mit ihnen zu reden! Du liebst Felix nicht, kannst ihm daher verzeihen, und der Graf — der Graf liebt dich! —

Jenny (zusammenzuckend). Mich? Wo denkst Du hin!

Ella. Ich weiß es; ich weiß es bestimmt! Unmöglich könnte er sonst so in Verzweiflung sein! (Zu Flora.) Der Wagen ist noch nicht angespannt?

Flora. Die Herren gehen zu Fuß.

Ella (jammernd). Mein Gott, da sind sie vielleicht schon fort?

Jenny (sehr erregt). Ist das möglich?

Flora (ganz ängstlich). Ja, das kann schon sein!

Ella. Jenny, das überleb' ich nicht. O hilf, bevor es zu spät ist. (Weint.)

Jenny (vor sich hin, fieberhaft). Das ist einer jener Augen= blicke, in denen eine energische That über die ganze Zukunft entscheiden kann. (Sich umwendend.) Flora, eilen Sie, sagen Sie dem Herrn Grafen, daß ich ihn sprechen möchte.

Flora Ich fliege! (Eilt ab, Thür a.)

Jenny. Geh', mein Kind, laß' mich allein.

Ella. O Jenny, das Herz pocht mir zum Zerspringen. Aber auch Du bist erregt.

Jenny. Das ist nicht wahr.

Ella. O doch!

Jenny. Fort, sag' ich.

Ella. Nur einen Kuß noch. (Küßt sie.) Ach, Jenny, Du bist so gut! Ach! (Geht nach hinten, kehrt wieder zurück.) Weißt Du, Jenny — Felix hat — ich gehe schon — ich warte dort. (Rasch ab, Thür d.)

Jenny (geht zu dem Stuhle II). Wie bin ich thöricht! — Ruhig, ruhig, ich bebe ja fast. Kommen Sie doch, Herr Hexenmeister! Wir fürchten uns nicht. (Drohend.) Aber Sie, Sie sollen uns fürchten lernen. Sie sollen bestraft werden — und zwar mit Hilfe Ihrer eigenen Waffen!

Siebenter Auftritt.

Jenny. Victor. Später Ella.

Victor (sehr befangen). Mein Fräulein —

Jenny (links vor dem Stuhle I, sehr haftig, die ganze Scene muß in raschem Tempo gespielt werden). Das Außerordentliche meiner Lage wird es Ihnen begreiflich erscheinen laſſen, daß ich Sie zu mir bitten ließ. (Beobachtet ihn.)

Victor (ſich nähernd, tief ſeufzend). O, mein Fräulein —

Jenny (nach links gewendet, drohend). Warte, Hexen= meiſter! (Kehrt ihm das Geſicht zu; ſich ganz verzweifelt geberdend.) Felix will abreiſen, Knall und Fall! — Ich frage Sie, was ſoll denn mit mir geſchehen! Ich liebe Felix, liebe ihn grenzenlos. (Victor ſtößt einen tiefen Seufzer aus.) Sie haben durch Ihr frevelhaftes Spiel meine Liebe zur ſtürmiſchen Leidenſchaft entflammt. (Victor faßt ſich an der Bruſt, ſtöhnt: O!) Und nun wollen Sie mich meinem Schickſal überlaſſen! (Victor macht eine Geberde der Verzweiflung, ſeufzt: O! Jenny ebenſo, mit theatraliſcher Geberde.) O —! — es iſt fürchterlich! (Wirft ſich, das Geſicht nach links gewendet und verhüllend, auf Stuhl II; ſieht dann heimlich nach ihm, der ganz gebrochen und die Augen zu Boden gerichtet, daſteht.)

Victor (in heftiger Bewegung, mit erſtickter Stimme). Mein — mein liebes Fräulein —!

Jenny (bei Seite). Wie er zerknirſcht iſt! Er dauert mich. — Warte Hexenmeiſter!

Victor. Mein theures Fräulein! Wie gern möchte ich Alles ungeſchehen machen! Aber ich bin ohnmächtig, machtlos! (Ausbrechend.) Ich bin ja genau in derſelben be= klagenswerthen Lage, wie Sie, mein Fräulein!

Jenny (vergißt ſich, gibt plötzlich die Hände vom Geſicht, ſteht auf). Ja wieſo denn? Ich verſtehe Sie nicht recht. Wollen Sie ſich nicht deutlicher erklären?

Victor (gegen den Blumentiſch zurücktretend). O, mein Fräulein, laſſen Sie mich lieber ſchweigen!

Jenny. Warum denn ſchweigen? Sie lieben alſo? Sonderbar, geſtern haben Sie noch nichts davon gewußt. (Im Tone des Scherzes, aber mit allmälig und immer wärmer hervorbrechendem Gefühl.) Alſo Sie lieben —

Victor (verwirrt). Mein Fräulein —

Jenny. — aber ſie, ich meine ſie — (deutet mit dem Daumen über die Achſel) liebt einen Andern. (Raſch.) Das heißt: Sie — nun meine ich Sie — (deutet auf Victor) Sie glauben das. Und wenn es nun gar nicht wahr wäre? Wenn ſie den Andern nicht liebte! Vielleicht gab Sie nur aus Mitleid ihr Jawort und weil ein überaus beredſamer Fürſprecher für ihn eintrat. — Ja, ja, ſie liebt den Andern nicht, denn Der ist ihr ein viel zu braver, ein viel zu anständiger Mensch. Sie liebt einen leichtsinnigen —

Victor (näher tretend, stürmisch). Fräulein Jenny!

Jenny (schalkhaft). Sie hat es mir selbst gesagt. — Sie liebt einen leichtsinnigen, frivolen Gesellen! Aber so sind wir Frauenzimmer. Den Guten loben wir, aber den Bösen lieben wir! Und so liebe ich diesen bösen Hexenmeister —

Victor (fassungslos). O Jenny, Sie scherzen nicht? Ich verliere den Verstand!

Jenny. Das will ich nicht hoffen.

Victor. Aber ich hoffe es — nein, nein — ich fürchte es! (Jubelnd.) Jenny — (wirft sich auf die Kniee) ach, Sie glauben gar nicht, wie angenehm es mir ist — (Jenny zieht ihn empor) daß grade Du meine Frau wirst! (Tritt einen Schritt zurück, sieht sie verzückt und mit gefalteten Händen an. Stürmisch.) Jenny — ich — ich — nein! ich kann dir jetzt keine Liebeserklärung machen! (Drückt sie jubelnd an sich.)

Jenny (ihm ihre Hand an den Mund legend und ihn zurückdrängend). Ruhig! Wir sind noch nicht so weit. (Ruft nach links.) Ella! (Ella tritt rasch ein. Victor geht vorne nach rechts.) Sag' dem Papa, daß die beiden Herren schon abgereist sind.

Ella (bald Victor, bald Jenny anblickend). Ab — abge — abgereist? (Weiß vor Verwirrung nicht, durch welche Thür sie forteilen soll; läuft wie verrückt hin und her.)

Jenny (nach der Thür a deutend). Aber Ella!

Ella. Ja, ich gehe schon. (Ab, Thür a.)

Victor (will Jenny an sich ziehen). O Jenny!

Jenny (zurückweichend). Man wird nun so freundlich sein, zu warten. (Da er etwas sagen will, drohend.) Gehorsam!

Victor (sich einen Schritt zurückziehend). Wie ein Kind! (Plötzlich stürmisch ausrufend.) Jenny! (Er eilt auf sie zu, umschlingt sie, faßt sie an der Wange. Sie ruft: „Nein!" er ruft: „Ja!" und küßt sie auf beide Wangen. Man hört Knaus' Stimme hinter der Scene; er tritt rasch hinter den Blumentisch zurück.)

Achter Auftritt.

Vorige. Knaus. Günthner. Philippine. Dann Ella. Felix.

Knaus (durch die Veranda, an einem Arm Philippine, an dem andern Günthner, eintretend). Gott sei Dank, daß die beiden Taugenichtse fort sind! (Erblickt Victor, der sich tief verbeugt.) Was! Graf! — Sie sind noch hier?

Jenny (links stehend). Ich hielt den Grafen zurück. Er soll mir helfen (die Hände faltend) für Felix zu bitten. (Felix und Ella treten rechts hervor.) Seine Liebe zu Ella ist echt! Ich bürge dir dafür! (Legt die Hand ans Herz.)

Ella (vortretend, ebenso). Ich bürge auch!

Felix (ebenso). Ich auch!

Victor (rechts stehend, ebenso). Ich auch!

Jenny. Vergib ihm!

Knaus (der ruckweise den Kopf, um den Sprechenden anzustarren, gedreht hat; feierlich). Niemals!

Jenny (Knaus ein paar Schritte vor nach links führend und ihm ins Ohr — sie steht links neben Knaus). Auch dann nicht, wenn ich (ihm drohend) dem — Mitschuldigen dieses (sieht sich nach Victor um) Hexenmeisters vergebe? (Knaus sieht sie verblüfft an, macht: „Hm!")

Victor (an Knaus rechts herantretend). Die wir riefen, die Geister, werden wir nun nicht los!

Knaus. Das seh' ich! Na! (Zu Jenny.) Aber Du?

Jenny. Ich opfere mich und gehe mit dem Grafen (sie geht an Knaus vorüber zu Victor und reicht ihm beide Hände) nach Afrika — auf die Tigerjagd!

Ella und Victor (gleichzeitig). Löwenjagd!

Knaus. Ihr seid Schelme! Alle! (Sehr laut.) Wo ist denn Arthur?

Victor (die Hände hebend). St!

Knaus Was ist?

Victor. Er schläft!

Arthur (ist von Thür a, ein Glas in der Hand, bis zu den Stufen der Veranda gekommen; ruft jetzt laut und kläglich). Nein! (Alle treten nach links und nach rechts bei Seite, so daß er vollständig sichtbar wird. Oben auf einen Stuhl sinkend.) Ich kann nicht schlafen!

Der Vorhang fällt.

Als Manuscript gedruckt.

www.ingramcontent.com/pod-product-compliance
Lightning Source LLC
Chambersburg PA
CBHW020037030726
47499CB00007B/2468